für Heidi

Meditatives Wahrnehmen ist ein vollkommen passiver, klarer und bewusster geistiger Prozess. Frei von Wissen, Meinungen, Absichten und Erwartungen. Um ihn zu trainieren, ist der Atem ein hilfreicher und wirksamer Anker.

Karsten Kronshage

Bin ich nun erleuchtet? Oder was?

Mein Weg durch
die Stolpersteine der Meditation

© 2020. Autor und Umschlaggestaltung:
Karsten Kronshage

info@Entwicklungskunst.de
www.Entwicklungskunst.de

Lektorat, Korrektorat: Helga Lühmann

Verlag: tredition GmbH,
    Halenreie 40-44, 22359 Hamburg

ISBN: 978-3-347-12973-3 (Paperback)
    978-3-347-12974-0 (Hardcover)
    978-3-347-12975-7 (e-Book)

Bibliografische Information der Deutschen Natio-nalbibliothek: Die Deutsche Nationalbibliothek verzeichnet diese Publikation in der Deutschen Nationalbibliografie; detaillierte bibliografische Daten sind im Internet über http://dnb.dnb.de abrufbar.

Inhaltsverzeichnis

Worum es hier geht 7

Alles hat einen Anfang? 11

Der Friede bricht aus 17

Das Mantra-Desaster 21

Zwischenstation Entspannung 25

Meditation macht Spaß!? 31

Ein buntes Völkchen 35

Und was ist mit Buddha? 41

Vom Loslassen im Hier und Jetzt 45

Wer wird eigentlich wiedergeboren? 53

Atem, Fliegen und Kekse 59

Die Last mit den Regeln 65

Vom Umgang mit lästigen Emotionen 71

Die Angst und die Dunkelheit 77

Wissen im Nichtwissen 81

Das Durcheinander mit der Liebe 89

Ein meditativer Zustand 95

Und was ist nun mit Erleuchtung? 99

Nachbetrachtung 105

Worum es hier geht

In diesem Buch geht es um die Kunst der persönlichen Entwicklung. Und zwar nicht so rein theoretisch, sondern ganz konkret um meine Eigene. Eine zentrale Rolle spielt dabei die Meditation, die mich nun über 40 Jahre begleitet.

Ich habe mich an die Arbeit für dieses Buch gemacht, weil ich Zeit und Muße habe meinen bisherigen „meditativen Weg" einmal zu reflektieren. Zudem bin ich der Meinung, dass die gelebte Praxis der Meditation es verdient hat, als geistige Hygiene und als wirksame Möglichkeit der persönlichen Entwicklung bekannt und akzeptiert zu werden. Und weil ich in der Lage bin, aus eigenem Erleben und Denken darüber zu berichten.

Hat das ganze Meditieren überhaupt einen Nutzen für unser praktisches Leben? Wem bitte hilft es denn wirklich, zu meditieren und vor allem: wobei?

Mir hat es geholfen und hilft es noch, zu meditieren. In der Gestaltung meines Tages und im Umgang mit den tatsächlichen und scheinbaren Herausforderungen des Lebens. Bei der Umschiffung all der Ecken und Kanten und der Überwindung gähnender Abgründe, vor denen ich gelegentlich gestanden habe. Oder auch in kritischen Situationen, in denen ich sofort und auf der Stelle die Reißleine meines Rettungsschirms ziehen musste.

Abgründe haben sich geschlossen oder erscheinen nicht mehr ganz so tief - Ecken und Kanten sind runder geworden. Wenn ich ihnen gelegentlich noch mal ausweichen muss, helfen die Erfahrungen der Meditation mir, in den Hüften beweglich zu bleiben. Auch dafür habe ich dieses Buch geschrieben. Damit Sie beim Lesen erkennen können, worin der praktische Nutzen dieser Arbeit liegen könnte.

Arbeit? Ja, Meditation ist Arbeit. So ähnlich wie Zähneputzen oder Duschen. Man kommt auch ohne aus, aber wenn man es regelmäßig tut, kann sich daraus eine ganz neue Lebensqualität entwickeln.

Ich glaube, die persönliche Entwicklung mithilfe der Meditation hat auch etwas mit „Kunst" zu tun. Nach meinem Erleben ist ein wesentlicher Bestandteil künstlerischer Arbeit das Prinzip von „Versuch und Irrtum". Egal ob man ein Bild, ein Musikstück, einen Buchtext oder ein komplexes Softwaresystem entwirft und erarbeitet. Ganz sicher weiß man am Anfang in den wenigsten Fällen, was am Ende genau dabei heraus kommen wird. Und so ist es vielleicht eine gute Idee, auch das Leben als kreativen Prozess zu begreifen.

Dazu braucht man in der Kunst und auch im Leben so etwas wie einen „inneren Antrieb". Heute, nach vielen Jahren der Meditation, kann ich auf meinen Lebensweg schauen und darüber berichten. Ich kann bestimmte Punkte herausheben und irgendwelche schlauen Begründungen für dies oder das ersinnen. Warum ich aber tatsächlich mit dem Meditieren begonnen habe und solange dabei geblieben bin - ich weiß es einfach nicht.

Natürlich kann ich, nach über 70 Lebensjahren auch nicht genau sagen, welche meiner früheren Eigenschaften sich durch die Meditation verändert haben oder inwieweit andere Vorkommnisse und Begegnungen daran schmirgelten. Es gab jedoch einige wirklich einschneidende Situationen in meinem Leben, in denen ich Fähigkeiten, die ich durch meine jahrelange Meditationspraxis einge-übt hatte, segensreich einsetzen konnte.

Ich meine, durch das Trainieren der Wahrnehmung in der Meditation kann unter anderem etwas ent-stehen oder sich weiter entwickeln, was man in der Psychologie als „emotionale Intelligenz" bezeich-net. Ausführliches zu diesem Thema können sie bei Dr. Google finden oder in ordentlichen Bü-chern nachschlagen.

Kurz gesagt, geht es dabei um die Verbesserung meiner Fähigkeit zur Selbstwahrnehmung. Ich kann immer klarer die Verbindung zwischen Ge-danken, Gefühlen und Reaktionen bei mir selbst und anderen erkennen. Damit eröffnen sich erfolg-reichere Wahlmöglichkeiten für Entscheidungen und mein Handeln.

In diesem Buch können sie außerdem die Entwick-lung meiner Sicht auf die Welt der Meditation und der Meditierenden verfolgen. Dabei haben sich in den langen Jahren meiner persönlichen Erfahrung und durch viele Begegnungen mit anderen Menschen auch einige spezielle „Wahrheiten" gebildet. Nehmen sie diese bitte nicht als unumstößliche „Erkenntnisse". Ich liebe es, Dinge aus verschiedenen Perspektiven zu betrachten und bin dankbar für jedes neue und kluge Argument.

Wenn mein Gedanken und Erlebnisse dazu beitragen, die Meditation als etwas sehr Handfestes und Sinnvolles für das praktische Leben zu erkennen, würde mich das schon froh stimmen. Man kann Meditation betreiben, ohne in speziellen Kleidern herumzulaufen, sich auf besondere Weise zu ernähren und einer Religion oder sonstigen Organisationen verpflichtet zu sein.

Vielleicht stupst Sie dieses kleine Werk ja mit der Nase auf die Möglichkeit des Meditierens. Dann fangen Sie einfach an und schauen einmal, was dabei herauskommt.

Ich wünsche Ihnen gute Unterhaltung beim Lesen und gelegentlich einen kleinen Aha-Effekt.

Alles hat einen Anfang?

„Wie bist du eigentlich zur Meditation gekommen?" werde ich gelegentlich gefragt. Die Frage hat mich selbst noch nie sonderlich bewegt, aber hier versuche ich einmal, eine zufriedenstellende Antwort zu finden. Also schiebe ich zunächst die störende Betrachtung des endlosen, verwobenen Netzes von Ursache und Wirkung beiseite und beginne irgendwo in meinem Leben zu suchen. Wo entstand die entscheidende Inspiration mit der Meditation anzufangen?

Meine kindliche und jugendliche Welt war jedenfalls frei von spirituellen oder intellektuellen Prägungen. Die Lieblingslektüre des jungen Karsten bestand aus Wildwest-Romanen, die man diskriminierend als Groschenromane bezeichnete, und als er dann ins Kino durfte, bevorzugte er leider auch das gleiche Genre. Da konnte man die „Guten" gleich an ihren schönen Pferden, an ordentlich umgeschnallten Colts und einer adretten Kleidung erkennen. Die „Bösen" waren in der Regel unrasiert und irgendwie schlampig gekleidet. Diese eindeutige Unterteilung hat sich im wirklichen Leben leider nicht so richtig durchgesetzt.

Später machte ich dann literarisch einen großen Schritt nach vorn und bezog meine Weltanschauung aus den Werken von Walt Disney, irgendwelchen Weltraumhelden und Asterix. Wobei das Studium der Asterixgeschichten schon einen Sprung in die reale Welt und auf eine höhere intellektuelle Ebene kennzeichnete.

Was sollte nun – geistig und charakterlich – aus solch einem Menschen werden? Natürlich musste zunächst – darin ist sich die Weltliteratur einig – ein Weib daherkommen und mich erretten!

Als ich sie kennenlernte, las Heidi mit Vorliebe Bücher von Françoise Sagan, Heinrich Böll oder ähnlichen Autoren, deren Existenz mich nun wirklich überhaupt nicht interessierte. Doch später heiratete ich meine Retterin nicht wegen ihrer literarischen Kenntnisse. Sondern wegen ihrer Fröhlichkeit, ihres Liebreizes und weil ich mir irgendwann nicht mehr vorstellen konnte, ohne sie zu leben. Was ich dann 34 Jahre später unter Schmerzen lernen musste. Doch das ist eine andere Geschichte.

Ein paar Jahre nach unserer Hochzeit beschloss Heidi, nun bereits zweifache Mutter und auf der Suche nach weiteren Herausforderungen, Yoga zu lernen. Sie buchte einen Kurs beim Kneippverein in Bremen und trollte sich jede Woche mit Decke, Kissen und warmen Socken zum Unterricht. Ihre begeisterten und sehr anschaulichen Erzählungen animierten mich, es auch einmal zu versuchen. Ich versprach mir zunächst ein wenig Abwechslung davon, wollte gelegentlich über etwas anderes sinnieren als über meinen Beruf, über Computer und Softwareentwicklung.

Und da lag ich dann, als einziger Mann zwischen 15 Damen, die sich anmutig dehnten und reckten. Ein schöner Anblick. Ich übte Pflug, Kerze und andere Figuren, die nach geschmeidigen Tieren benannt, Blutdruck erhöhend und gefährlich für den gesamten Bewegungsapparat waren. Jedenfalls für meinen. Ein paar Mal machte ich noch mit, aber dann fiel mir auf, dass in dieser Sportart irgendwie der Ball fehlte. Es gab hier überhaupt nichts, was man treten oder schlagen konnte – und gewinnen konnte man bei diesem Spiel auch nicht.

Nutzlos war dieser Ausflug in das östliche Körpertraining aber nicht. Ich weiß nicht mehr wie, aber es geriet durch Zufall ein Buch über Yoga in meine Hände. Darin wurde von ganz tollen Sachen berichtet. Die Yogis konnten jahrelang ohne Essen auskommen, ließen sich für ein paar Tage lebendig begraben und waren nach dem Ausbuddeln quietschfidel, konnten ihren Herzschlag anhalten, in die Zukunft sehen und all die wahnsinnigen Dinge tun, die in den Science-Fiction-Romanen nur die richtig guten Mutanten vollbringen. Und sie wurden erleuchtet – also die Yogis. Ich wusste zwar noch nicht einmal im Entferntesten, was der Nutzen davon war, aber das gefiel mir irgendwie.

Immerhin hatte ich auch gelernt, dass dieser mühsame Yoga-Weg nichts für mich war. Der hielt mich nur von den wirklich wichtigen Dingen im Leben ab. Einen Ausweg schien es trotzdem zu geben. Denn im gleichen Buch war noch von so etwas wie Meditation die Rede. Hörte sich weniger schwierig an und man konnte es auch neben Tennis, Fußball und Computerzeugs betreiben. Doch das war das Anfang der 1970er-Jahre, und es gab damals nur wenig Erleuchtungsangebote im deutschsprachigen Raum.

Zum Glück hörte ich dann von den Beatles. Die hatten sich in Indien umgesehen – bei so einem ganz angesagten Guru. Hatten viel meditiert, viel Spaß gehabt und danach sogar den tollen Song vom „Yellow Submarine" geschrieben. Dieser Yogi-Typ machte jedenfalls überall in der Welt Filialen auf, damit möglichst viele Menschen meditieren lernten, ganz lieb zueinander würden und somit der Weltfrieden gerettet werden konnte. In Bremen, wo wir zu der Zeit lebten, gab es auch schon so ein Geschäft.

Ich ging erst einmal dort hin, um mich vorsichtig nach den Konditionen und Preisen zu erkundigen. 150 Mark für die ganze Familie waren ganz ok. Mit dem jugendlichen Meditationslehrer machte ich einen Termin aus, bekam ein paar einfache Anweisungen und erschien ein paar Tage später mit Heidi und unseren beiden Kindern in der Geschäftsstelle.

Sauber gewaschen sollten wir sein, jeder ein weißes unbenutztes Stofftaschentuch und ein noch nicht angebissenes Stück Obst mitbringen. Banane, Apfel oder was wir wollten. Soweit ich mich erinnere, wurde uns das dann zusätzlich als Spende abgenommen. Anschließend mussten wir unser Geburtsdatum (möglichst mit Geburtsstunde) nennen und wurden einzeln eingeführt. Die Augen wurden geschlossen, eine Klingklang-Musik ertönte, und dann flüsterte uns der jugendliche Lehrer ein Wort ins Ohr. Das Wort. Einige Male hintereinander, sodass wir es uns einprägen konnten.

Nun hatten wir es also, unser Mantra. Niemals und niemandem sollten wir es verraten, denn es war für uns ganz speziell gefunden worden und daher völlig geheim. Soweit ich mich erinnern kann, wurden für das Zuwiderhandeln auch noch irgendwelche Konsequenzen angekündigt. So ungefähr wie bei den Katholiken, wenn der Papst sie aus der Kirche schmeißt.

Wie ich bei späteren Nachforschungen feststellte, war der wirkliche Grund der ganzen Geheimhaltung ein ganz anderer. Tatsächlich hatte nämlich jedes Familienmitglied dasselbe Mantra erhalten. „Schirim" oder so ähnlich – hörte sich jedenfalls so an. Späteres Nachfragen bei rund einem Dutzend „Ehemaliger" ergab, dass nur eine der Befragten ein anderes geheimes Wort erhalten hatte. Wahrscheinlich war die Ausstattung für Anfänger bewusst karg gehalten worden, und die richtigen Power-Worte würde es dann später geben. Gegen eine ordentliche Gebühr, versteht sich.

Der Friede bricht aus

Da war ich also mit meiner ganzen Familie in einem Zirkel gelandet, der landläufig als „Sekte" bezeichnet wird. Seien wir mal freundlich und nennen das Ganze stattdessen eine „Organisation". Besser wird es davon auch nicht.

Zweimal am Tag setzten wir uns zu Hause auf ganz normale Stühle oder Sessel und meditierten. Das heißt, wir lehnten uns gemütlich zurück, legten die Arme locker auf die Oberschenkel, schlossen die Augen und sagten im Geiste unaufhörlich unser Mantra auf. So ca. 15 Minuten sollte eine Meditation dauern.

Zusätzlich besuchte ich, gelegentlich von meiner Frau begleitet, einmal pro Woche einen Informationsabend mit abschließender gemeinsamer Meditation in unserem „Zentrum" – also in den Geschäftsräumen der Organisation.

Dort erklärte man uns die Welt und die wichtigen Anliegen der Organisation. Das tat man bevorzugt mit Analogien aus den Naturwissenschaften und tollen statistischen Kurven. Es wurde eine gut begründete wissenschaftliche Tatsache beschrieben, und dann erfolgte in der Regel ein fließender Übergang in die Welt der Meditation und zu den Zielen der Organisation. Nach dem Motto: „Seht ihr, so ist das in der Physik. Das hat schon Einstein erkannt. Und so müsst ihr euch das auch in der Meditation vorstellen". Gibt es eine prächtigere Grundlage für Irrtümer und Verführungen?

Eines der wichtigsten Ziele war, dass in jeder Stadt auf der Welt ein Prozent der Menschen diese tolle Mantra-Meditation erlernte und die Einstiegs- und Folgeseminare der Organisation buchte. Dann bräche nämlich mit unumkehrbarer Wucht der Frieden auf der Welt aus. Was das für die Kasse der Organisation bedeuten würde, war mir schon klar. Welche wissenschaftliche Erkenntnis sie aber auf die 1 % gebracht hatte und warum das nicht 0,7 % oder 15 % sein konnten, habe ich nicht so richtig verstanden.

Auch eine exakte Definition, was mit dem schönen und dehnbaren Wörtchen „Frieden" eigentlich gemeint sei, ersparte man sich. Störte mich dann der kläffende Hund des Nachbarn nicht mehr? Oder regte sich kein Ärger mehr in mir, wenn mich auf der Autobahn ein bescheuerter Rennfahrer schnitt? Sollte mein Fußball-Lieblingsverein jetzt immer nur unentschieden spielen, damit der Gegner und seine Fans nicht traurig würden? Oder schmissen die mächtigen Staaten der Welt den armen Staaten keine Bomben mehr auf den Kopf, weil Letztere die Waffen, die Erstere ihnen verkauft hatten, dann auch tatsächlich benutzten und gegen andere arme Menschen einsetzten? Na ja, das war alles nicht so ganz klar.

Ungefähr zwei Jahre machte ich den Zirkus tatsächlich mit. Ich hoffte ja immer noch, das Geheimnis der „Erleuchtung" enthüllt zu bekommen oder gar selbst erleuchtet zu werden. Dass ich dafür richtig Kohle auf den Tisch legen musste, hatte ich inzwischen schon begriffen. Ein Arbeitskollege

von mir hatte sich in dem Verein jedenfalls man-
tramäßig ziemlich nach oben gearbeitet und dafür
einen ordentlichen fünfstelligen Betrag an die
Friedensstifter überwiesen.

Bei mir bedurfte aber noch eines wahrhaft erschüt-
ternden Erlebnisses, damit ich mich vollends von
diesem Verein verabschiedete.

Aus der „Zentrale" (aus der Schweiz oder aus Hol-
land) war eine hervorragende Persönlichkeit der
Organisation angereist, um uns darüber aufzuklä-
ren, was wirklich Sache war. In der Presse war die
Organisation damals uneinsichtig und mit „üblen
Nachreden" attackiert worden!"

Der Schlüsselsatz der „Persönlichkeit" bei unserem
Treffen lautete dann (und ich habe ihn noch heute
fast wörtlich im Ohr): „Wenn die deutsche Presse
so weitermacht, zieht der Meister mal alle meditierenden Manager aus Deutschland ab, und dann
wird die deutsche Wirtschaft schon sehen, wo sie
bleibt".

Dummheit trifft Überheblichkeit. Vor dieser Einfalt
kapitulierte ich dann und ging. So hatte ich mir
das nämlich nicht vorgestellt: Tausche Intelligenz
und eigenes Denken gegen Erleuchtung. Der Preis
war mir dann doch zu hoch.

Das Mantra-Desaster

Was war nun aber mit der eigentlichen Meditation? Meine beiden Kinder (damals etwa 10 und 11 Jahre alt) hatten zuerst den Durchblick. Sie waren ganz neugierig und ohne großes Gezeter, wie sie es bei anstehenden Spaziergängen anstimmten, mitgelatscht. Wahrscheinlich in der Hoffnung, irgendetwas Spannendes würde passieren. Zweimal am Tag für 15 Minuten das gleiche Wort denken oder innerlich murmeln, passte eindeutig nicht in diese Kategorie. Meine Ermahnungen verfolgten sie brav, nickten verständnisvoll mit ihren Köpfchen und gingen spielen oder „Die kleine Hexe" hören.

Für mich selbst kam es dann richtig dicke. Es ist ja nicht so, dass dieses innerliche Murmeln eines Mantras keine Wirkung hat, nur weil es gegen Bares von Meditationskrämern gelehrt wird.

Ich wurde mit der Zeit immer dünnhäutiger und gereizter. Das Positive daran war, dass ich nach über 20 Jahren der Abstinenz wieder lernte, zu weinen. Das ging allerdings einher mit Wutausbrüchen und Hilflosigkeit in familiären Stresssituationen. Da „rutschte" mir bei meinen Kleinen schon gelegentlich die Hand aus. Die volle Regression in kindliche Verhaltensweisen, würde ein Psychodoktor vielleicht sagen.

Wenn ich dann, unglücklich über mich selbst, die Sache mit meinem „Meditationslehrer" besprechen wollte, schwätzte er tiefsinnig etwas von „unterschiedlichen Energieebenen". Er hatte ja so viel Schwachsinn für gutes Geld vermittelt bekommen.

Außerdem verfiel ich immer mehr in depressive Momente. Ich saß stundenlang zu Hause herum und war nicht ansprechbar. Auf meinen Autofahrten zum Geschäft suchte ich mir gelegentlich schon mal einen Brückenpfeiler aus, gegen den ich hätte fahren können, und überlegte mit welcher Geschwindigkeit es am besten klappen würde, einen Abflug aus dieser Welt hinzubekommen. Ich war entsetzt. Mein ganzes bisheriges Leben war komplett frei von depressiven oder destruktiven Anwandelungen - und jetzt das. Meine aktuelle Umgebung war jedenfalls frei von Anlässen zur Trübseligkeit. Ich hatte eine wundervolle Frau, lebendige und fröhliche Kinder und erntete in meinem Beruf Lob und Anerkennung. Und mein Lieblings-Fußballverein spielte auch eine ganz ordentliche Saison.

Irgendwann, in einem lichten Moment, erkannte ich, dass es so nicht mehr weiterging. Ich stellte den Mantra-Selbstmord auf Raten ein und suchte mir eine ältere und erfahrene Ärztin, bei der ich dann eine Gesprächstherapie begann und autogenes Training erlernte. Ganz wollte ich ja nun auf den „Erleuchtungsweg" auch nicht verzichten. Es ging mir zusehends besser, und so blieb ich einige Jahre dabei täglich autogenes Training zu praktizieren.

Was habe ich nun aus dieser Lebensepisode gelernt? Dass alles, was bei richtiger Dosierung und einer kompetenten Begleitung hilft, beim Fehlen der erforderlichen Kompetenz des Lehrenden massive Schäden verursachen kann. Intensive Mantrameditation beeinflusst die Psyche – ob in die gewünschte Richtung, ist jedoch ungewiss und hängt sehr von der Disposition der jeweiligen Person ab.

Das gilt besonders für mentale Praktiken wie diese Art der Meditation. Sie kann in einen mehr oder weniger tiefen Trancezustand führen. In einem solchen Zustand aber laufen in der Psyche nicht steuerbare und nicht vorhersehbare Prozesse ab. Vielleicht war mein Erleben ein besonders radikaler Verlauf. Dass eine solche Wendung aber überhaupt möglich ist, lässt mich zu dem Schluss kommen von diesen Praktiken abzuraten.

Ich will damit die Meditation mit einem Mantra nicht in Bausch und Bogen verdammen, schließlich hat sie eine mehr als 2000 Jahre alte Tradition. Ein Lehrer sollte jedoch in dieser Tradition aufgewachsen und mit all ihren Risiken und möglichen Verläufen vertraut sein. Diese Voraussetzungen sind bei all diesen Sektengurus, die ich damals kennenlernen durfte, nicht gegeben. In der Regel steht hinter deren Wirken ein finanzielles Interesse oder noch schlimmer - ein totalitäres Weltbild. So nach dem Motto: „Wenn alle so werden, denken und handeln wie wir, wird alles gut." Dass es in der Meditation auch anders geht, habe ich zum Glück später heilsam erfahren.

Zwischenstation Entspannung

Nun war das mit dem „autogenen Training" ja
ganz nett. Jeden Tag übte ich ein- bis zweimal die
sogenannte Unterstufe. Wie das genau geht, lässt
sich leicht über Google, Wikipedia oder natürlich
über ein ordentliches Buch herausfinden. Man
könnte auch einen Arzt seines Vertrauens fragen:
„Was könnten Sie mir außer Betablockern oder
Psychopharmaka noch gegen Stress verschreiben?"
Außerdem gibt es inzwischen jede Menge Volks-
hochschulkurse, in denen autogenes Training gelehrt wird, und auch die Krankenkassen bieten
Kurse an. Es sei also nur so viel gesagt: Beim autogenen Training werden nacheinander verschiedene
Körperempfindungen und -vorgänge wie Schwere,
Wärme, Atmung usw. bewusst gemacht und auto-
suggestiv verstärkt. Das funktionierte bei mir ganz
gut und brachte Körper und Geist für ca. 20 Minuten in einen wohltuend entspannten Zustand.

Dann gibt es für das „autogene Training" noch
eine Oberstufe. Wenn die Basics richtig gut klappen. Da erzählt der Trainer Geschichten, wie wir
durch einen Wald oder über eine Wiese gehen, die
Wärme oder den Wind spüren, und plötzlich läuft
da ein Rehlein oder ein Hase oder ein Goldhamster
durchs Gras. War für mich der reine Frust. Die
Entspannung klappte, wie immer, hervorragend.
Aber ich sah weder einen Wald noch irgendwelche
Tiere laufen oder hoppeln. Mit anderen Worten:
Das mit den „inneren Bildern" klappte bei mir

überhaupt nicht. Somit war mir bei dieser Methode der Fortschritt verwehrt.

Was also tun? Es musste mit der Erleuchtung ja irgendwie weitergehen. Schließlich stieß ich bei meinen Recherchen auf ein buddhistisches Meditationszentrum in der Nähe von Hamburg. Es gehörte – oh Wunder – zu keiner Sekte, sondern bot eine bunte Palette von Meditationskursen an. Lehrer aus den unterschiedlichen buddhistischen Traditionen vermittelten dort ihre Praktiken. Außerdem gab es sogar nicht-buddhistische Entspannungsseminare. Teuer war es außerdem nicht, und das Ganze hörte sich sehr vertrauenerweckend an.

Aus dem Katalog suchte ich mir ein Seminar über „Vipassana-Meditation" heraus, was sich wohl am ehesten mit „Achtsamkeitsmeditation" übersetzen lässt. Der Seminarleiter war ein Deutscher, der sein halbes Leben als buddhistischer Mönch in Asien verbracht hatte. Ich war mir sicher: Der Mann hatte den richtigen Durchblick und wusste, wo es lang ging.

So kam ich also das erste Mal in das „Haus der Stille" in Roseburg bei Hamburg. Ein herrlicher kleiner Park mit Seen, riesigen Bäumen, stillen Wegen und Wiesen erwartete mich. Eine große Villa diente als Haupthaus, die Meditationshalle bot Platz für ca. 40 Personen, und ein kleines Gästehaus war auch vorhanden. Meine Schwiegermutter hätte gelobt: „Sehr ordentlich, und sauber ist es hier auch." Die Zimmer waren einfach, Duschen und Sanitärräume ausreichend vorhanden und die

„Herbergseltern" zeigten sich locker und freundlich.

Jetzt ging es also los mit der ersten richtigen Meditation. Schon die Halle empfand ich als sehr be-
eindruckend. Ein hoher, großer Raum mit Holzdie-
len und einer Nische mit einem Altar nebst Buddhafigur, Kerzen und Räucherstäbchen. Der
Mönch in seiner Robe saß etwas erhöht und konnte seine Rezitationen fließend im Pali-Singsang
vortragen. Niemand verstand ein Wort, aber
Sprachrhythmus und Klang waren wirklich sehr
angenehm. Und das Ganze fand morgens um 5:30
Uhr statt. Ja Leute, Gemütlichkeit stand hier nicht
auf der Tagesordnung.

Das Wecken erfolgte kurz vor fünf, und es blieb bis
zur ersten Meditation gerade Zeit für eine kurze
Katzenwäsche. Wer am frühen Morgen bereits eine
richtige Badezimmerorgie brauchte, musste sich
den Wecker auf vier Uhr stellen.

Für das eigentliche „Sitzen", also die Meditation,
gab es unterschiedliche Möglichkeiten. Man konnte sich auf einen ganz gewöhnlichen Klappstuhl
setzen. Angelehnt oder auch nicht, die Unterarme
leicht auf die Oberschenkel gelegt. So ähnlich wie
die sogenannte „Droschkenkutscher-Haltung" im
Autogenen Training. Aber wer setzt sich schon auf
einen Stuhl, wenn es um die Erleuchtung geht?

Eine Alternative bot ein ca. 20 bis 30 cm hohes, fes-
tes Sitzkissen. Das lag auf einer Unterlage von der
Qualität einer Turnmatte. Man saß schön aufrecht,
die Beine mehr oder weniger (meist weniger) lo-

cker gekreuzt und tat seine meditative Arbeit. Oder man kniete auf der Turnmatte und schob ein kleines Holzbänkchen zur Erleichterung der ungewohnten Sitzhaltung unter den Popo. Jede dieser Sitzfiguren hatte einen schönen Namen: „ganzer" oder „halber Lotussitz" oder „Diamantsitz".

In Wirklichkeit war es die reine Folter – jedenfalls am Beginn. Also die ersten paar Monate hindurch. Ich hatte ja keine Ahnung, wie viele Stellen am Körper schmerzen können: Knie, Fußrücken, sämtliche Rücken- und Schultermuskeln, der Nacken und sogar die Arme. Und dann gibt es so ein paar Schlaumeier, die dir heimlich zuraunen: „Der Schmerz wird dein Freund." Damit wollen sie dir wohl zeigen, dass sie schon Meditationsprofis sind. Auf den Mond schießen könntest du die Typen in diesem Augenblick.

Dazu kam noch - das gewählte Seminar war ein Schweigeseminar. Was bedeutete: Es durfte kein einziges Wort geredet werden! Eine Woche lang. Während der Meditation sowieso nicht, aber auch nicht während des Essens, bei der Arbeit, auf einem Spaziergang – niemals nicht! Reden durfte man ausschließlich in den Gruppen- und Einzelsitzungen.

In den etwa zehnminütigen Einzelsitzungen kannst du dem Lehrer dein persönliches Leid klagen und um Erleichterung bitten. Die dir zumeist aber verwehrt bleibt. Die Standardantworten sind in der Regel so ausgelegt: „Geh doch einfach einmal in deinen Schmerz." Oder: „Schau dir doch einmal deine Wut (deine Trauer, Lust usw.] an und

bleibe darin. Ohne etwas verändern zu wollen."
Was mir nicht eben weiterhalf. Und so musste ich,
ehe ich den Sinn dahinter begriff, sehr viele
Schmerzen ertragen.

In den Gruppensitzungen geht es so zu wie in den
meisten Gruppensitzungen, die wir aus der Volks-
hochschule, der Therapie oder dem Kneippverein
kennen. Man muss halt die um Aufmerksamkeit
heischenden Profilierungsversuche der Sitzenden
ertragen und auf die erhellenden Antworten des
Lehrkörpers lauschen.

Meditation macht Spaß!?

Die von mir erlernte Art der Meditation umfasst das halbstündige „Sitzen", auf das jeweils eine fünfzehnminütige Gehmeditation folgt, bevor die nächste Sitzmediation beginnt. Während der Gehmediation schreiten alle hintereinander in einer geordneten Schlange durch die Halle. In sehr gemessenen Schritten und sehr meditativ. Das geschieht teilweise so langsam, dass gelegentlich einmal jemand aus dem Gleichgewicht und ins Wackeln kommt. Aber es ist wirklich erholsam, für eine kleine Weile nicht mehr sitzen zu müssen.

Zwischendurch schleichen sich auch einige aus der Halle und erscheinen zur nächsten Sitzung nicht. Wahrscheinlich pflegen sie ihre schmerzenden Glieder. Ich will gerne gestehen, dass auch ich mehrfach dazugehörte. Es ist dann einfach nicht mehr auszuhalten. Körper und Verstand haben gestrichen „die Nase voll". Dafür gab es dann vom Meister bei der nächsten Begegnung einen langen Blick oder ein leichtes Kopfschütteln. Eben so richtig subtile Terror-Methoden, wie sie alle „Erziehungsberechtigten" gern mal anwenden.

Und bleibt es dann für alle Ewigkeit so mit dem Sitzen? Zum Glück nicht. Wenn man seine Sitzposition gefunden hat und sie regelmäßig – also jeden Tag – trainiert, kommt es irgendwann wirklich zum Empfinden von Leichtigkeit. Der Körper hält sich von selbst aufrecht, die Verkrampfung verschwindet und mit ihr die Schmerzen. Wie so oft im Leben gilt auch hier: Übung macht den Meister.

Doch stellt sich natürlich auch die Frage: Was ist denn der eigentliche Inhalt der Meditation? Die mir bekannten Meditationsformen beginnen zunächst einmal mit einer Fokussierung. Das heißt, die Aufmerksamkeit wird in der Regel auf den Atem gerichtet. Man kann ihn an verschiedenen Stellen des Körpers wahrnehmen. Beim Heben und Senken der Bauchdecke oder beim Ein- und Ausströmen an der Nase. Bei einigen Methoden werden die Atemzüge in einem bestimmten Rhythmus gezählt.

Wenn die Aufmerksamkeit dann irgendwann abschweift, bemerkt man diesen Zustand und kehrt wieder zum Atem zurück. Mit der Zeit wird die Achtsamkeitsübung auf die Wahrnehmung von Umweltgeräuschen und Körperempfindungen ausgeweitet. Dabei kommt es darauf an diese Dinge wahrzunehmen, ohne darüber nachzudenken oder sie zu bewerten. Wenn Gedanken auftauchen, bemerkt man sie und geht mit der Aufmerksamkeit wieder zum Atem zurück. Soweit jedenfalls die Theorie.

Wer wie ich unter nicht enden wollenden Gedankenströmen leidet oder, je nach Sichtweise, damit gesegnet ist, kann in der Meditation eine ganz neue Dimension erleben. Die Burschen purzeln nur so aus dem Nichts. Und dabei ist das Ziel der ganzen Meditationsplagerei doch die Gedankenleere! Zunächst aber heißt es, sich wundern lernen, worüber man sich während einer Sitzung so alles

Gedanken machen kann. Da sind an erster Stelle natürlich die schon erwähnten Schmerzen. „Soll ich den Schmerz im Knie noch eine Weile aushalten? Oder jetzt schon die Stellung wechseln? Nee, habe ich doch gerade vor fünf Minuten gemacht. Komm, stell dich nicht so an, eine Weile hältst du es schon noch aus …".

Und dann die lieben Mitsitzer. Was macht der da vorne für komische Atemgeräusche? Hat der kein Taschentuch mit? Mmh, was hat die hübsche Dame da vorn denn für ein tolles Parfum? Oder ist das ihre Bodylotion? Vorhin hat sie ein paar Mal rübergeblinzelt. Ja, auch diese Fantasien laufen wie geschmiert.

Tolle Momente bescherte mir auch das Nachsinnen über mein geschundenes Ich. Was meine Eltern mir so alles angetan hatten. Ganze Szenarien aus der Vergangenheit wurden nachgespielt. Und endlich sagte ich Vater/Mutter/Bruder/Opa … mal das, was ich damals „live und in Farbe" nicht herausbekommen hatte. Oder ich sagte meinem aktuellen Partner richtig die Meinung. Tränen flossen, Zorn und Trauer wurden reaktiviert, und manchmal kam große Erleichterung auf. Und das war dann besonders schön.

Hat dieser intensive Prozess nun wirklich einen Nutzen? Die Meditierenden haben die Möglichkeit einmal bewusst zu erleben, was in ihrer Birne täglich so abläuft. Denn wahrscheinlich sind es während der Meditation auch nicht mehr Gedanken als an einem gewöhnlichen Bürotag. Nur nimmt man die Gesellen nun deutlicher wahr. Und wenn es dann gut läuft, kehrt man mit seiner Achtsamkeit wieder zum Atem zurück. Jedenfalls für die nächsten 20 Sekunden.

Außerdem sind die meisten von uns nicht daran gewöhnt, „nichts" zu tun. Doch wenn man als aktiver Mensch einfach nur rumsitzt und atmet, was bleibt einem denn da schon anderes übrig, als wenigstens zu denken? Das Entscheidende bei diesem Prozess ist jedoch, dass von außen keine Anforderungen an uns gestellt werden. Kein: „Tu dies oder das. Denke mal über dieses Problem nach oder über jenes. Hierfür muss eine Lösung gefunden werden oder besser doch lieber nicht." Man ist wirklich komplett auf sich selbst zurückgeworfen.

Wenn der Gong dann zum Mittagessen ertönt, verabschiedet uns der weise Lehrer mit den Worten: „Und nun nehmt eure Achtsamkeit doch bitte mit in den Essraum". Mmh, denke ich - welche Achtsamkeit?

Ein buntes Völkchen

„Die Welt ist bunt", sagte einer meiner Psycho-Trainer einmal schulterzuckend zu mir und spielte damit auf die wunderbare Vielfalt von Menschen und ihre Verhaltensweisen an. Und für den Beweis dieser These gibt es auch in der „Meditationswelt" samt Umfeld reichlich Anschauungsmaterial.

Ich muss ehrlich sagen, dass mir viele dieser kaum hörbar und sanft sprechenden Damen und weich-gespülten Herren mächtig auf den Geist gehen. Das mag zwar nicht „politisch korrekt" sein, entspricht aber deutlich meinem Erleben. Ich weiß, das sind Klischees, aber sie sind auch nicht aus dem Nirwana entstanden.

Wenn man sich nur lange genug neuen Herausforderungen und Lebensaspekten verschließt, kann sich so ein sanftes Stimmchen und festgetackertes Dauerlächeln schon bewähren. Man bleibt halt in seinen Komfortzonen und pflegt seine Rituale.

Eine beliebte Tätigkeit ist dabei das Anzünden von Kerzen, Räucherstäbchen und Duftlampen. Wenn ich mir damit einen schönen Abend machen möchte, um mit mir selbst oder meiner Liebsten zu kuscheln, ist das ein lustvolles Verfahren. Es ruft eine feierliche Stimmung hervor, und die Seele badet in Wohlgefühl. Ein gelungenes Equipment für eine Wellness-Oase.

Verbreitet ist auch das Arbeiten mit „Energie". Was man nicht alles mit ihr anstellen kann! Man kann

Bäume umarmen und deren Energie spüren oder sie irgendwie geheimnisvoll austauschen. Einmal habe ich einen jugendlichen Meditationslehrer erlebt, der seine Adepten beim Mittagessen aufforderte, ihre Hände über den Grünkernsalat zu halten, um die Energie der Sprossen zu spüren.

Ach Mensch, wir tragen alle so viele Empfindungen und Erinnerungen in uns, die wir normalerweise **nicht** spüren. Gedanken und Gefühle, Darmbewegungen, Herzklopfen und Atemfrequenz, Wärme und Anspannung in allen Körperteilen, kleine und große Schmerzen und endlose Geschichten aus der Vergangenheit.

Was brauchen wir da die „Energie" von Sprossen und Bäumen, um die Welt zu spüren. Wenn wir unsere Achtsamkeit und bewusste Wahrnehmung auf alle Dinge lenken würden, die über unser Hirn und unsere Sinne, über Augen, Ohren, Nase und Tastsinn sekündlich wahrnehmbar sind, bräuchten wir Stunden, um diese Wahrnehmungen in allen Einzelheiten zu beschreiben. Und wir hätten etwas Konkretes für die Entwicklung und Differenzierung der uns tatsächlich zugänglichen Wahrnehmung getan.

Man kann das Thema „Energie" auch in das „Sitzen" mitnehmen. Bewohner des Westens sind es nicht gewohnt, auf der Erde und auf Kissen oder Bänkchen zu sitzen. Wenn wir es dennoch versuchen, erfordert dies körperliches und mentales Training. Ein Vorteil dieser Sitzhaltung besteht darin, dass wir, ohne uns anzulehnen, aufrecht und gleichzeitig entspannt sitzen. Bestimmte Arm-

oder Handhaltungen unterstützen dabei den Prozess der Aufrichtung. Nach einigem Training kann man wirklich aufrecht, entspannt und schmerzfrei sitzen.

Doch bis es so weit ist, erlebt man alles andere als einen freien Energiefluss. Wer sich dennoch einreden möchte, dass der Schmerz im Fuß und im Rücken ihn mit dem großen Kosmos in Einklang bringt oder bestimmte possierliche Figuren nachahmen möchte, um die beliebte „Energie" wieder mal fließen zu lassen, soll das gerne tun. Schließlich steht schon in dem dicken Bibelbuch: „Weib, dein Glaube hat dir geholfen."

Während meiner Ausbildung in Hypnose-Therapie hat mein Lehrer einmal zu mir gesagt: „Karsten, wenn du diese Arbeit machen willst, musst du wissen: Menschen wollen sich nicht verändern." Auf meine erstaunte Frage: „Ja, und warum gehen dann so viele zu Therapeuten, Gurus und ähnlichen Menschen?", antwortete er: „Das ist ganz einfach. Sie wollen Hilfen bekommen und Tricks lernen, damit sie sich nicht verändern müssen." Und damit meinte er sicher nicht die an ernsthaften psychischen Störungen leidenden Menschen.

Ich weiß auch nicht, warum mir diese kleine Geschichte in dem Zusammenhang einfällt. Vermutlich deshalb, weil unser Ego sich gerne Täuschungen hingibt, um uns vorzugaukeln, dass wir bereits ganz nah an irgendeinem großen Ziel sind. Und uns damit eine prima Ausrede liefert mit den wirklich wichtigen und teilweise schmerzhaften Veränderungen erst gar nicht zu beginnen.

Erwähnenswert ist natürlich auch das bunte Volk der „Lehrer". Ich hatte das riesengroße Glück, eine freundliche und klare Frau persönlich kennenzulernen, an die ich mit Liebe und Respekt denke. Über die Arbeit mit ihr erzähle ich hier und dort einmal etwas. Schließlich hat sie mein meditatives Handeln maßgeblich beeinflusst. An einen anderen Lehrer denke ich mit Liebe und einem freundlichen Lächeln. Über den Rest brauche ich aus unterschiedlichen Gründen nicht zu reden.

Dieses Kapitel möchte ich mit einer kleinen Anekdote beenden, die von eben jenem Lehrer handelt, an den ich mit einem freundlichen Lächeln zurückdenke.

In vielen Meditationsseminaren ist es üblich, dass der „Meister" täglich einen Vortrag über ein wichtiges Lebensthema hält oder eine Geschichte über Buddha und dessen Lehre erzählt. Die Regeln sind einfach: Der Lehrer redet und der Rest sitzt, hört zu und schweigt.

Dieser besondere Lehrer hatte nun die geniale Idee etwas westliche Kultur in die Sache zu bringen und gestattete es nach dem Vortrag Fragen zu stellen. Leider hatte er überhaupt keine Ausbildung in und auch keine Ahnung von gruppendynamischen Prozessen. Also sah er oft hilflos zu wie sich die Alpha-Tiere in der Gruppe aufplusterten, die jeweilige Gefolgschaft sich hinter ihren Fahnen versammelte und die Mäuschen in der Runde bei jeder Wortmeldung eins auf den Deckel bekamen. Ein lustiges Diskussionsforum war eröffnet.

Eines der Alpha-Tierchen, eine etwas rundliche Dame, wagte dann dem Lehrer eine wahrhaft sensationelle und sehr persönliche Frage zu stellen: „Sag mal X, bist du eigentlich erleuchtet?" Ich sackte resignierend und peinlich berührt auf meinem Sitzkissen zusammen – welch prächtige Gelegenheit zum Fremdschämen.

Der Meister antwortete tatsächlich voller Ernst und Andacht. Er erzählte seine Geschichte, wie er damals in Asien … und als er dann dies und das und jenes ... und dann war sie auf einmal da gewesen, die Erleuchtung.

Die rundliche Dame riss ehrfurchtsvoll Mäulchen und Augen auf und sagte: „Dann bist du ja nicht mehr von dieser Welt." Der ehemalige Mönch saß da und lächelte still. Ich stand auf und ging aufs Klo.

Was ist das eigentlich Skurrile an diesem Vorfall? Nach einhelliger Aussage all der schreibenden und lehrenden Menschen der letzten Jahrtausende und der Jetztzeit ist „Erleuchtung" etwas, von dem man auch nicht die leiseste Ahnung hat, ehe sie tatsächlich „passiert". Im günstigsten Fall kann man sie in Nicht-Attributen beschreiben.

Hätte die Dame gefragt, ob der Meister einen Führerschein hat oder schwimmen kann, hätte zumindest Übereinstimmung und Kenntnis bezüglich des Gesprächsgegenstandes bestanden. So aber fragte die sie – ja, wonach eigentlich? Und der wackere Lehrer? Tapste blindlings in eine „Beweise-deine-Kompetenz-Falle".

Und was ist mit Buddha?

Ja, wie ist das eigentlich bei mir mit der Religion und dem ganzen Tüddel? Schließlich meditiere ich ja schon einige Jahrzehnte lang regelmäßig.

Also, ich bin aufgewachsen in einer Umgebung, die seit Generationen daran gewöhnt war, mit dem Erziehungsmittel „Schuld, Scham und schlechtes Gewissen" zu agieren. Eigentlich ein fruchtbarer Boden für jede Art von Religion, die mit einem allzeit Erbsen zählenden Chef ausgestattet ist. Mein Vater kam aus einem christlich geprägten Elternhaus, aus dem sogar Pfarrer, Prediger und eine Diakonissin hervorgegangen sind. Mutters Eltern waren stramme Sozis und einfache Leute, die mit dem „lieben Gott" wenig am Hut hatten. Nur wenn es kräftig gewitterte und Oma furchtsam mit ihrer gepackten Tasche starr und reisefertig auf dem Stuhl saß, hörte ich beim heftigen Donnerknall manchmal die Worte: „Der liebe Gott schimpft." Was hätte er bei den beschriebenen Erziehungsleitlinien auch anderes tun sollen?

Obwohl ich periodisch zum Kindergottesdienst genötigt und sogar konfirmiert wurde, hatte ich mit Glaube und Kirche wenig am Hut. Vater fand nach dem Krieg eine Anstellung als Küster im Bremer Dom und konnte somit die Tradition seiner Familie fortsetzen. Ich besuchte meinen Vater als Schüler zwar des Öfteren im Dom, aber spannend fand ich nur, kostenlos auf den Domturm klettern zu können oder im sogenannten Bleikeller die seit

41

vielen Hundert Jahren auf geheimnisvolle Weise konservierten Leichen zu begucken. Außerdem ist der Bremer Dom ein sehr beeindruckendes Gebäude. Geheiratet habe ich dann auch in diesem Dom. Es war eben damals so Brauch, und außerdem sah meine Heidi in ihrem weißen Brautkleid wirklich bezaubernd aus.

Nach den schon erwähnten Büchern über Yoga fielen mir dann auch Bücher über Zen und andere buddhistische Praktiken in die Hände. Zwischendurch las ich auch einige Male in der heiligen Schrift der Hindus, den „Upanishaden", herum. Schließlich kaufte ich mir sogar die fünfbändige „Lehrrede des Buddhas". Und sonst natürlich fast alles, was es auf dem Erleuchtungsmarkt so gab. Von Alan Watts, Krishnamurti, dem Dalai Lama, Zenmeister Suzuki, Hermann Hesse und vielen anderen. Gelegentlich las ich sogar freiwillig in der Bibel und schaute nach, was Meister Eckehart so an Erkenntnissen gewonnen hatte. Schließlich wollte ich auch wissen, welche Sicht der Welt denn die jüdische Kultur mit Talmud und Sohar zu bieten hatte. Nur auf den Koran bin ich nie gekommen. Ein Religionsstifter, der anscheinend viel Zeit damit verbracht hat, anderen Menschen mit dem Schwert auf die Rübe zu schlagen, erschien mir nicht sehr attraktiv.

Ja, aber was ist nun eigentlich mit Buddha? Mich hat, natürlich neben der Erleuchtungsgeschichte und dem Lebensweg des Buddhas, die grundsätzliche Haltung zur Freiheit in dieser Religion beeindruckt. Während in den Religionen, die auf der

Bibel und ihren Vorläufern basieren, mit Höllen-feuer, dem Zorn Gottes und schweren Strafen ge-droht wird, werden im Buddhismus Konsequen-zen für die unterschiedlichen Möglichkeiten im Handeln aufgezeigt.

„Wenn du dich **so** verhältst, wird dir **das** passie-ren. Wenn du dich **anders** verhältst, hat es wahr-scheinlich **diese** Folge." Nirgends steht „du sollst" oder „du musst" oder „du darfst nicht". Das ist für mich die Hauptbotschaft des Buddhismus. Ich empfinde ihn nicht als Dogma, und die Lehre gibt mir Wahlfreiheit ohne Drohungen und erhobenen Zeigefinger.

Für mich war der Ausflug in die Welt der Religio-nen eine interessante Phase meiner Entwicklung. Sie mögen alle ihren Platz in der Welt haben und vielen Menschen Trost, Hilfe und Lebensmut ge-ben. Das ist sehr viel. Auf der anderen Seite hat jede Religion zur Verbreitung von Ungerechtigkeit, Feindschaft, Hass und Gewalt auf der Welt beige-tragen und trägt auch heute noch dazu bei.

Für meinen Weg der Meditation haben Religionen keine Bedeutung.

Ich kann Zärtlichkeit und Liebe empfinden ohne Religion. Ich kann Mitleid und Verzeihen leben ohne Religion. Ich kann mir meines Zornes und meiner Ungerechtigkeit bewusst werden und Wie-dergutmachung leisten ohne Religion. Ich kann Trauer spüren und Trost finden ohne Religion. Und ich bin zuversichtlich auch ohne Religion furchtlos sterben zu können.

Auf einem Sims in meinem Wohnzimmer steht – als einziges Relikt einer Religion – eine kleine geschnitzte Buddhafigur aus Sri Lanka. Ab und zu zwinkere ich von meinem Schreibtisch hinüber, und sie lächelt mich an.

Vom Loslassen im Hier und Jetzt

Die Aufforderungen „loszulassen" sowie im „Hier und Jetzt" zu leben, sind die absoluten Renner in der Meditations- und Psycho-Branche. Sie begegnen den Hilfe, Trost und Erleuchtung Suchenden bei jeder passenden und unpassenden Gelegenheit. „Du musst loslassen lernen." Und: „Lebe doch einfach im Hier und Jetzt", ertönen die sanften Stimmen der Gurus und Therapeuten mit Durchblick.

Aber - wenn wir verstehen wie wichtig Strukturen und Zuverlässigkeit in unserem Leben sind, ist es doch klug diese, uns Sicherheit gebenden Dinge, möglichst zu bewahren und zu schätzen.

Das Vorhandensein eines lieben Menschen gibt meinem Tun einen Sinn und eine Richtung, und es befriedigt meine Sehnsucht nach Zuwendung und Berührung. Mein Arbeitsplatz verspricht mir die Sicherheit auch morgen noch in meinem Reihenhaus wohnen und meinen Van fahren zu können. Mein Sportklub, meine Freunde oder meine Clique geben mir einen Platz, an dem ich Achtung und Zugehörigkeit erfahre.

Und plötzlich ist irgendetwas davon aus meinem Leben verschwunden! Nicht für ein paar Tage oder Wochen, obwohl auch das schon wehtun kann, sondern endgültig, für immer. Ein lieber Mensch ist gegangen, mir ist mein Arbeitsvertrag gekündigt worden oder meine Familie zieht in eine andere Stadt, und ich muss mich von meinen Freunden verabschieden. Was soll man daran wohl toll finden, um es freudig oder zähneknirschend „loszulassen"?

Nach 34 Ehejahren starb meine geliebte Heidi an den Folgen einer Krebserkrankung. Das letzte Jahr war ein einziger, aussichtsloser Kampf, das drohende Schicksal doch noch abzuwenden. Ich übte Spritzen und Infusionen zu setzen, fuhr mit ihr zu Ärzten und in Krankenhäuser, lernte Mahlzeiten zuzubereiten und den Haushalt zu bestellen. Während dieser Zeit funktionierte ich nur. Keine Zeit für Trauer und Angst. Ich lebte unter einer Glocke von Aufgaben und Hoffnungen.

Dann endete ihr Leben. Morgens um 5:00 Uhr in einem Bremer Krankenhaus. Ich war erschöpft neben ihr auf einer Liege eingeschlafen und wurde von der Nachtschwester geweckt.

Loslassen – was für ein lächerlicher Gedanke. Alles, was über 30 Jahre lang meinem Leben Richtung und Sinn gegeben hatte, war in einem Augenblick verschwunden. „Du hattest ja genügend Zeit, dich darauf vorzubereiten", hörte ich gelegentlich. Noch so ein Quatsch – wenn man bis zum letzten Augenblick kämpft und hofft, bereitet man sich auf gar nichts vor. Vor allen Dingen nicht auf das Scheitern.

Nach Heidis erster Krebsoperation, sechs Jahre zuvor, war ich in ein tiefes Loch gestürzt, und meine Gedanken wirbelten nur so im Kopf herum. Eine der ernsthaft durchdachten Alternativen galt der Möglichkeit, gemeinsam aus dem Leben zu scheiden. Ich konnte mir einfach nicht vorstellen, ohne Heidi zu leben. Nun wendete sich der Krankheitsverlauf damals aber zum Guten und somit kam Plan B zum Einsatz: gemeinsames intensives Leben. Ich verkaufte meine Firma, und wir machten nur noch das, was uns Freude und Spaß brachte.

Zu dieser Zeit wechselten wir auch unsere Meditationspraxis in Roseburg. Von der doch eher „mönchisch" geprägten Vipassana-Meditation ging es zu den Seminaren einer ehemalige Zen-Lehrerin. Sie hatte sich von der doch sehr formalen und durch Rituale geprägten Art der Meditation gelöst.

In Rochester, USA, hatte sie ein Meditationszentrum gegründet und lehrte ihre eigene Art der meditativen Freiheit. Heidi seufzte nach dem ersten Seminartag: „Es ist, als wäre mir ein großer Stein von den Schultern genommen." Jetzt ging es ausschließlich darum, wahrzunehmen, was jetzt passiert. In mir selbst, in meinen Gedanken, meinen Gefühlen, meinem Körper, meiner Umgebung. Keine Kerzen und Räucherstäbchen, keine Verbeugungen, kein Lotus- oder Diamantsitz, keine Buddha-Statue, kein Pali-Singsang, keine Religion, kein Loslassen, keine Erleuchtung.

Wir nahmen ein- bis zweimal im Jahr an Tonis Seminaren in Roseburg teil, meditierten jeden Tag eine halbe Stunde zu Hause und besuchten sogar einmal ihr herrlich gelegenes Zentrum in Rochester. Für mich war diese Art der Meditation das effektivste Geistestraining meines Lebens.

Nach Heidis Tod weinte ich für lange Zeit nahezu jeden Tag. Das hört sich für die meisten Menschen vielleicht ganz schrecklich und bedauernswert an. War es aber nicht, es war ausgesprochen „erleuchtend". Ich erfuhr in dieser Zeit den Unterschied zwischen „traurig sein", was das Weinen können umfasst, und dem Zustand der Verzweiflung. Und ich habe für mich erfahren, dass der Unterschied zwischen dem Zustand des Weinens und dem des Lachens nicht so dramatisch ist, wie er gerne gesehen wird.

Der tägliche „Traueranfall" lief in der Regel so ab, dass sich im Verstand Bilder und Erinnerungen an meine Frau bildeten. Diese entstanden spontan aus sich selbst heraus oder beim Anblick bestimmter Gegenstände. Jetzt begann sich eine Gedanken- und Gefühlskette zu bilden. Weitere Gedanken entstanden, weitere Bilder und damit zusammenhängende Gefühle stiegen auf, das Bewusstsein des Verlustes bildete sich heraus, und weiteres Schmerzempfinden war die Folge. Der Widerstand gegen das Geschehene, gegen den augenblicklichen Zustand und innere Vorwürfe äußerten sich in Fragen wie: „Warum gerade sie?" Oder: „Warum gerade ich?" Und natürlich im Zorn auf die „ungerechte Welt". Aus diesem endlosen Widerstand, dem Fehlen einer Möglichkeit der Kette zu entkommen, entwickelte sich das Gefühl der Verzweiflung. Ich glaube, diesen Prozess kennen viele Menschen aus eigener Erfahrung.

Was also tun und was helfen in solchen Momenten die Übungen der Meditation? Traurigkeit und

Weinen sind zunächst mentale und körperliche Prozesse. Gedanken flitzen herum, Tränen laufen, der Körper schüttelt und verkrampft sich, der Atem verändert sich und geht stoßartig, erschütterndes Schluchzen entsteht, das Gemüt oder sagen wir die Stimmung geht „in den Keller". Welch starke Gelegenheit, seine Achtsamkeit und den Fokus auf ein Ereignis seiner Wahl zu lenken. Die beschriebenen körperlichen Symptome und die folgenden Gedanken entwickeln sich zwar blitzschnell, aber doch zeitlich hintereinander.

So wie ich den Atem in der formalen Meditation betrachte und beim Abschweifen in Gedanken immer wieder zu ihm zurückkehre, kann ich jetzt eine bunte Reihe anderer Körperwahrnehmungen nutzen. Ich kann den Fokus auf die kullernden Tränen, den Geruch meiner durch das Weinen nassen Haut, das von Erschütterung gebeutelte Zwerchfell, meine verkrampfte Muskulatur oder was auch immer in meinem Körper wahrnehmbar ist, richten. Dabei geht es nicht darum, etwas verändern zu wollen, sondern darum einfach wahrzunehmen, was gerade ist. Und wenn ich das Abschweifen in meine traurigen oder wütenden Gedanken bemerke, wieder zu einer Körperwahrnehmung zurückzukehren. Wenn ich das immer wieder trainiere, schwächen sich Gedanken und Gefühle dieser Art ab und verlieren mit der Zeit ihre Macht über mein Denken und Handeln.

Um dies zu verstehen, müssen wir noch nicht einmal die östliche Mystik bemühen. Der Psychologieprofessor Mihály Csíkszentmihályi erkannte, dass es dem Menschen nicht möglich ist seine Aufmerksamkeit gleichzeitig auf zwei Dinge zu konzentrieren. Er beschreibt diese Erkenntnisse unter anderem in seinem Buch „Flow: Das Geheimnis des Glücks".

Diese Erkenntnis bildet die Grundlage unserer Arbeit im „Hier und Jetzt". Einen mentalen Prozess immer früher in seiner Entstehung zu bemerken und die Achtsamkeit auf das gerade jetzt tatsächlich stattfindende Ereignis zu fokussieren. Der ganze Prozess der beginnenden Verzweiflung und des Widerstandes bricht im Idealfall von selbst in sich zusammen, weil er vom Verstand keine Nahrung mehr bekommt. Das Ganze hat nichts mit Verdrängen oder Wegsehen zu tun. Voraussetzung für diese Art des Umgangs mit Schmerz und Trauer ist ja das deutliche Wahrnehmen der eigenen Gefühle und das Gewahrwerden meiner in die Nutzlosigkeit und ins Verderben führenden Gedanken.

Ich weiß nicht, was westliche Psychologen und „Trauerarbeiter" dazu sagen. Mir hat diese Einstellung jedenfalls in dieser Zeit und bis heute geholfen, ein erfülltes und spannendes Leben zu führen. Diese Art der Achtsamkeit und des Fokussierens funktioniert auch bei allen Spielarten des Verstandes, die wir als „Stress" bezeichnen. Vielfach von mir ausprobiert und meistens gut gelungen.

Und das „Loslassen"? Wirkliches Loslassen ist doch höchst selten ein aktiver Akt des Verstandes. Es geschieht von selbst, wenn im Verstand der Widerstand gegen ein belastendes und nicht änderbares Ereignis und damit das „Festhalten wollen" aufgelöst und beendet ist. Alles andere ist ein Akt des – bewusst oder unbewusst – manipulativen Denkens und erweist sich damit als eine Willens-anstrengung oder als Verleugnen, Verdrängen und Schönfärben.

Gelegentlich hilft es vielleicht, das sogenannte „positive Denken" gegen Verlust, Schmerz oder Begehren zu setzen. Dabei sollte man aber darauf achten, dass dieser positive Gedanke an die eigenen Fähigkeiten anknüpft, man selbst aufrichtig an das Gelingen glaubt und die notwendigen Handlungen der eigenen Kontrolle unterliegen. Außerdem sollte der Vorsatz gelegentlich durch das wirkliche Leben bestätigt werden.

Sonst hat man irgendwann in seinem Inneren einen großen Berg Müll, der fleißig aus dem Unbewussten heraus seine Arbeit tut. Aber hübsch bunt angestrichen ist er.

Wer wird eigentlich wiedergeboren?

Nahezu jeder, der den Verlust lieber Menschen erlebt oder über seinen eigenen Tod nachdenkt, entwickelt dagegen Widerstand. Nicht gegen das Nachdenken, sondern gegen die unveränderliche Tatsache der Endlichkeit. Dafür gibt es dann die unterschiedlichen religiösen Ansätze, die im Endeffekt das Unbegreifliche des Unendlichen und die wahrnehmbare Tatsache der Endlichkeit leugnen und den aufgescheuchten Geist zu beschwichtigen versuchen: „Eh du, bleib ganz ruhig. Es geht schon irgendwie weiter. Musst nur ganz lieb sein und unsere Regeln einhalten".

Die mit östlichen Weisheiten liebäugelnden Menschen haben sich dafür unter anderem die Reinkarnation, also die Wiedergeburt, ausgeguckt. Nur führt das leider zur völligen Umkehrung der eigentlichen Botschaft. Die in Indien gelebte Idee und Tradition ist es, dass die unerfüllten oder nicht überwundenen Wünsche, Begierden, Ängste und Lüste eines Menschen nach seinem Tode eine Wiedergeburt hervorrufen. Nun setzt der fleißige Hindu oder auch der Buddhist alles daran, diese Überbleibsel des letzten Lebens mithilfe einer rechtschaffenen Lebensführung und verschiedener mentaler und körperlicher Techniken wie Yoga oder Meditation zu minimieren. Und wenn er es dann nach vielen Wiedergeburten endlich geschafft hat, all die unerwünschten Bewusstseinsinhalte zu überwinden, geht er (jedenfalls der Buddhist) geläutert ins Nirwana ein. Er wird endlich,

endlich nicht mehr wiedergeboren und hat seine Ruhe.

Die Reinkarnation ist dabei in ihrer eigentlichen Bedeutung wohl eher nicht als Trost, sondern als notwendiges Übel und als neue Chance zu verstehen, dieses ganze Hin und Her auf Erden endgültig zu beenden oder jedenfalls Schritt für Schritt positiv zu verändern.

Aber auch mit der Reinkarnation lassen sich Geschäfte machen. So hat sich seit einigen Jahren die Gilde der Reinkarnationstherapeuten gebildet. Entstanden ist dieses Illusionisten-Theater wohl aus einer ernsthaften und wirksamen Arbeit der Hypnosetherapie, die auf gut Deutsch als History Change bezeichnet wird. Der Patient wird nach gründlicher Anamnese, also der Erkundung seines Leidens, in der Hypnose rückwärts bis zu einem traumatisierenden Ereignis seines Lebens geführt. Durch Veränderung der Sichtweisen, Einnehmen der Rolle eines anderen Beteiligten usw., werden verbundene Gefühle und Einstellungen verändert, und im Idealfall wird die Traumatisierung aufgelöst oder zumindest abgemildert. Sehr viel Erfahrung als Therapeut und Hypnotiseur, ein sensibles Händchen und ausreichend Zeit sind dafür nötig.

Wenn aber ein Reinkarnationstherapeut nun im Leben des Klienten kein passendes Ereignis findet, geht er eben noch weiter zurück und wird in einem vorherigen Leben fündig. Daraus soll der Mensch dann entscheidende Schlüsse für sein jetziges Leben ziehen.

Solch ein lustiges Erlebnis wurde mir einmal mit wichtiger Miene von der Klientin eines dieser Zauberkünstler berichtet.

Die Dame, die gelegentlich etwas leichtfertig mit dem Vertrauen ihres Ehegatten umging, litt an irgendetwas, was ich vergessen habe. Jedenfalls nicht an der beschriebenen Neigung. Im Gegenteil, sie war der festen Überzeugung, dass ihr gehörnter Ehemann sich durch ihr Treiben ja schließlich auch weiterentwickele.

Sie ließ sich also durch einen Reinkarnationscoach in Hypnose versetzen und reiste rückwärts durch ihr Leben bis in das davor und dann noch weiter ins Vorherige. Und was soll ich Ihnen sagen? Diese beiden vorherigen Leben endeten, indem man sie jeweils als Hexe verbrannte. Jetzt hatte sie endlich irgendwelche „tiefen" Erkenntnisse, verführte den Coach und machte fröhlich weiter mit ihrem aktuellen Leben. Aus dieser hypnotischen Reise nahm sie die Botschaft mit, dass sie ihr Ich noch intensiver leben müsse – oder so.

Das brauchte nun niemand wirklich zu verstehen. Für ihre Zukunft war ich jedoch sehr zuversichtlich. Ihr Unterbewusstes schien mit ihrem Verhalten im jetzigen Leben jedenfalls nicht ganz einverstanden zu sein.

Das eigentlich Tragische an dieser Art von Haltung zur Reinkarnation ist das Festschreiben eines augenblicklichen Zustandes. Dabei möchte man das, was momentan die eigene Persönlichkeit charakterisiert, irgendwie in ein nächstes Leben retten. Es

wird also eine, wie auch immer geartete Unveränderlichkeit angenommen.

Mein buddhistischer Mönch-Lehrer, der, nach Eu-
ropa zurückgekehrt, langsam in die Esoterik-Ver-
führung abdriftete, erzählte mir einmal begeistert
von einem Reinkarnationsbuch. Der Autor erinnerte sich ganz genau an sein letztes Leben und be-
richtete eifrig davon. Er hatte darin – die Quadra-
tur des diffusen Blödsinns – als Hohepriester in
Atlantis gewirkt. Na ja, welcher Leser interessiert
sich auch schon für ein Bauernleben im Mittelalter.
Jedenfalls schien meinem geschätzten Lehrer der
Bericht ein weiterer unwiderlegbarer Beweis für
die Tatsache der Wiedergeburt zu sein.

Aber wovon sprechen wir eigentlich, wenn wir
behaupten, etwas oder jemand würde wiedergeboren?

Ist es der sehr viele Stadien durchlaufende und
schließlich vergehende Körper? Die sich durch
schwere Schicksalsschläge oder verschiedene
Krankheiten radikal veränderbare Psyche? Eine
„Seele", deren angenommene Existenz nicht meinem Erleben entspricht und deshalb zunächst nur
ein gedankliches Konstrukt ist?

Selbst vom Dalai Lama, der ja nach der tibetischen
Ausprägung des Buddhismus, die Wiedergeburt
des letzten gestorbenen Oberhauptes dieser Religion sein soll, ist nicht bekannt, dass er sich konkret und bewusst an Dinge aus seinem vorherigen
Leben erinnert. Nur bei seiner Wahl werden ihn
bestimmte Dinge des gestorbenen Vorgängers ge-

zeigt und wenn er die dann irgendwie „erkennt", ist er der Richtigen für das neue Amt.

Wenn ich - als wiedergeborener Mensch Karsten - aber keine Erinnerung an mein vorheriges Leben habe, was ist für mich dann der praktische Nutzen oder der Trost einer Wiedergeburt?

Um einen Sinn in diesen Dingen zu finden muss man schon an diese geheimnisvolle Seele oder Ähnliches glauben. Sie scheint auf jeden Fall etwas zu sein, was ganz und gar außerhalb jeder Begreif- und Definierbarkeit liegt. Für mich klingt jede konkrete Aussage über „Seele" oder auch „Ewigkeit" - sagen wir es mal freundlich - sehr unseriös und leider oft auch manipulativ.

Atem, Fliegen und Kekse

Wie bereits erwähnt, ist die Fokussierung auf den eigenen Atem eine zentrale Übung in sehr vielen Meditationsarten. Bei einigen Techniken zählt man seine Atemzüge und bei anderen wird man angehalten, auf seinen Atem zu achten. Irgendwo nimmt man ihn im Körper wahr. Entweder im Heben und Senken der Bauchdecke, beim Ein- und Ausströmen in oder vor der Nase oder wo auch immer.

„Betrachte deinen Atem – und wenn du merkst, dass du in Gedanken abschweifst, kehre einfach wieder zu deinem Atem zurück." Das ist eine gängige Anweisung in Meditationsseminaren.

Was dann geschieht, lässt sich schwer vorhersagen. Anfänglich alles Mögliche – nur nicht das, wonach man strebt. Zum einen wuseln die Gedanken-Terroristen sehr schnell wieder dazwischen. Man beginnt über seinen Atem und die Fähigkeit, ihn zu betrachten, nachzudenken und tadelt sich selbst für seine Inkompetenz – nicht nur in dieser Disziplin.

Außerdem ist es natürlich auch möglich, sich vom angenehmen Auf und Ab seiner eigenen Atemzüge in einen wunderbaren Schlaf wiegen zu lassen, um dann, erschreckt vom eigenen Schnarchen, wieder schlagartig ins Hier und Jetzt zurückzukehren.

Eine weitere Möglichkeit besteht darin, in Traumbildern zu versinken. Teilweise nehmen diese einen sehr realistischen Charakter an. Im meditativen Zustand ist gelegentlich die bewusste oder halbbewusste Wahrnehmung neben den Traumbildern aktiv. Das kann bei dem einen oder anderen zur Überzeugung führen, diese Szenen, Farben oder Figuren tatsächlich real zu sehen oder irgendwelche übersinnlichen Wahrnehmungen zu haben. Was sagen die alten Meditationsmeister dazu? „Wenn dir (in der Meditation) der Buddha begegnet, verbrenne diesen Buddha."

Wenn all dies aber nicht geschieht und man tatsächlich beim Atem bleibt, bemerkt man etwas sehr Seltsames: Ich kann meinen Atem gar nicht distanziert betrachten! Sowie ich meine Aufmerksamkeit auf ihn richte, beginne ich ihn zu manipulieren. Ich entwickle viel Kreativität ihn anzuhalten, besonders tief oder flach zu atmen, seinen Rhythmus zu verändern oder was auch immer. Manchmal fühlt man sich auch ganz ruhig und gelassen dabei, und dann manipuliert man ihn nur noch ein ganz klein wenig.

Wenn es eines Tages dann doch geschieht – und der Adept seinen Atem wahrnehmen kann, ohne ihn zu manipulieren – hat er einen wirklich schönen und großen Schritt getan. Bis dahin aber heißt es: üben, üben, üben …

Und dann sind da noch die richtigen und wirklichen Plagen: Fliegen und Mücken. Diese kleinen Übeltiere können einem die schönste Meditationssitzung so ziemlich versauen. Ist es bei den Blutsaugern noch die scheinbar unerträglich hohe Frequenz ihres Flügelschlages und die damit verbundene Gewissheit, jetzt gleich fürchterliche Pein durch den Einstich und den anschließenden Juckreiz zu erleiden, verursachen ihre Fliegenkumpane durch anhaltenden Körperkontakt die totale Gedankenkonfusion.

So ein richtiger Hard-Core-Meditierer hält das sicher eine Weile aus, wenn das Fliegentier über die nackte Haut krabbelt. Möglichst noch in der Nähe einer Körperöffnung im Gesicht. Da muss man eben ein wenig konzentriert und ganz entspannt die Zähne zusammenbeißen. Das nennt man dann wohl Selbstüberwindung.

Mit einem erfahrenen Buddhisten hatte ich über dieses Thema einmal einen kleinen und – wie es sich in Meditierer-Kreisen gehört – freundlichen Disput. Anlass war folgende Anekdote: Ein Buddhist will an einer Keksdose vorbeigehen. Ihm steigt der Duft frisch gebackener Kekse in die Nase und das Wasser läuft ihm im Munde zusammen. Doch er überwindet den Impuls, sich einen Keks zu nehmen, und geht erhobenen Hauptes weiter. Damit hatte er dann die Fähigkeit zur Selbstüberwindung bewiesen und durfte stolz darauf sein.

„Mensch Junge", dachte ich als Erstes: Stolz ist eine der sieben Todsünden des Katholizismus – kann bei den Buddhisten doch sicher auch keine Tugend sein, oder?

Nun muss ich gestehen, dass ich von den Lehren der einzelnen Religionen wenig Ahnung habe und mir während meiner Lebenszeit auch das Interesse daran verloren gegangen ist. Wenn ich mich in Sachen Fliegen, Mücken und Kekse aber auf das beschränke, was ich während meiner Meditationsarbeit erfahren habe, kann ich mich auf zwei Begriffe fokussieren: „Wille" und „Widerstand".

Widerstand gegen etwas zu entwickeln, ist für ein schwächliches Lebewesen wie den Menschen ja im Prinzip keine schlechte Sache. Wenn man es nicht schätzt im Regen nass zu werden, entsteht daraus vielleicht die Idee eines Regenschirms oder einer überdachten Bushaltestelle. Aus dieser Fähigkeit haben sich ja schließlich die ganzen Kulturen der jetzigen Welt entwickelt – ob man das im Einzelnen nun gut findet oder nicht, ist eine andere Sache.

Und das mit dem Willen hat ja auch seine positiven Seiten. Er lässt uns bei manch schwierigen Vorhaben des Lebens Klippen überwinden, trotz unserer Angst über Abgründe springen und trägt dazu bei, dass wir uns als Kleinkind brüllend auf die Erde schmeißen, wenn wir ihn dann nicht kriegen – unseren Willen.

Es geht also nicht darum, ob „Wille" oder „Widerstand" nun gut oder schlecht sind oder ob man sie haben sollte oder nicht. Wie bei vielen Dingen in dieser Welt gibt es Situationen, in denen diese Eigenschaften nützlich sind oder eben schädlich. Über dieses Thema haben die richtig großen Denker aller Zeiten ausführlich nachgedacht und geschrieben, sodass ich zu diesem Thema eigentlich nichts Erhellendes beitragen kann.

Darum möchte ich wieder auf die einfacheren Dinge dieser Welt wie Fliegen, Kekse und die Meditation zurückkommen. Hier geht es – genauso wie beim Atmen – darum, das, was gerade ist, wahrzunehmen.

Wenn so ein kleines Fliegentier über unsere Haut krabbelt, entsteht in uns reflexartig Widerstand und das Bedürfnis, den Störenfried zu verjagen. Also etwa in der Reihenfolge: Kitzeln – Fliege – Widerstand – Handlungsimpuls. Das ist eine Abfolge von Körperwahrnehmung, Gefühlen, Gedanken und Reaktionen, die, auch wenn alles blitzschnell aufeinanderfolgt, schon ihre Dauer hat.

Für die meditative Übung ist dabei wesentlich, genau diese Abfolge immer besser zu bemerken. Und wenn es gelingt, darin zu bleiben, ohne reflexartig zu reagieren, erlebt man vielleicht, wie sich mit dem Kitzeln der kleinen Fliegenbeine ein schöner Schauer von nahezu erotischer Qualität durch den ganzen Körper bewegt. Den kann man dann ebenfalls interessiert wahrnehmen, und das ganze übliche Reaktionsmuster bricht in sich zusammen.

Ob ich die Fliege anschließend verjage oder nicht ist ohne jede Bedeutung. Meine Erfahrung sollte mir sagen, dass sie ein paar Augenblicke später ihr Krabbeln an einer anderen Stelle fortsetzen wird.

Und wenn ich das Ganze jetzt auf die Kekse übertrage, ist es vollkommen wurscht, ob ich mir am Ende der Wahrnehmungskette eine süße Belohnung in den Mund stecke oder nicht. Wenn man

nicht gerade unter Diabetes oder Übergewicht leidet, ist es doch eine weitere Übung wert den Deckel der Keksdose vorsichtig zu öffnen. Die sich
ausbreitende Keksherrlichkeit zu betrachten. Den
jetzt noch intensiveren Geruch wahrzunehmen.
Einen der kleinen Verführer bewusst auszuwählen.
Ein Stück abzubeißen und die süße Krümeligkeit
und das Aroma zu genießen. Zu bemerken, wie
sich die Kekskrümel beim Kauen mit dem Speichel
vermischen und wie sich der Speisebrei beim
Schlucken langsam in Richtung Magen bewegt.

Ist doch eine klasse Achtsamkeitsübung und besser als sich mit irgendeinem Dogma herumzuquä-
len. Bedürfnisse und Leidenschaften sind beendet,
wenn sie nicht mehr erscheinen. Vorher ist es ein
Einhalten von Regeln und Gesetzen - auch ganz
nützlich für das menschliche Zusammenleben und
die persönliche Entwicklung.

Die Last mit den Regeln

Gruppen werden aus sehr unterschiedlichen Motivationen gebildet. Eines aber zeichnet als Gemeinsamkeit jede Gruppe aus: Es herrschen bestimmte Regeln. Ob es sich bei der Gruppe nun um einen Kegelverein, um eine Vereinigung von Nacktbadefans, um Religionsgemeinschaften, politische Parteien oder eben eine Meditationsgemeinschaft handelt – es gibt dort Regeln.

Ist es aber notwendig, Meditierenden Regeln aufzuerlegen, an die sie sich zu halten haben? Einigen kann man sich gewiss darauf, dass Meditation sich nur dann als sinnvoll erweist, wenn man sie regelmäßig betreibt und dabei eine körperliche Haltung einnimmt, die das Wegschnarchen im entspannten Zustand weitgehend verhindert.

Nun wurde ich durch buddhistisch geprägte Lehrer an die Meditation herangeführt und habe mich deshalb auch etwas mit dem Buddhismus beschäftigt. Dessen Grundregeln stimmen mit den Anliegen der meisten Religionen überein. Da geht es um das UInterlassen von Töten, Lügen, Stehlen usw. Also um das, was Menschen ganz ohne Religion auch nicht so toll finden. Wer sich dafür interessiert, kann sich unter dem Stichwort „Silas" in unterschiedlichen Medien schlaumachen. Wer dann zusätzlich in ein buddhistisches Kloster möchte, kommt mit den paar Grundregeln nicht aus – da kommt man dann leicht mal auf hundert und mehr „Dos" und „Don'ts". Ich nehme an, dass es in anderen Religionen, die sich mit Meditation befassen, etwas Ähnliches gibt.

Wer zu meditieren beginnt, ist sich über den Weg und den Sinn dieses Unterfangens zumeist nicht wirklich im Klaren – das behaupte ich einfach mal so. Man möchte irgendwie gerne „erleuchtet" sein, ein besserer Mensch werden, Gelassenheit und Weisheit entwickeln, findet die Inhalte einer bestimmten Religion erstrebenswert, wird durch das Vorbild eines Menschen dazu angeregt oder liest ein interessantes Buch darüber. Etwas später versteht man dann, dass es scheinbar ums Loslassen und das Üben von so etwas Kompliziertem wie Gedankenleere geht.

Nun mag man über den Meditationsweg noch so viel lesen oder hören und Wissen darüber anhäufen. Am Beginn der Praxis fehlt natürlich jede Erfahrung. Aus diesem Grund sollen dem Anfänger ein paar Regeln helfen. Zu seinem eigenen Besten, versteht sich. Das Problem ist nur, solange ich Regeln als etwas von außen Auferlegtes empfinde, schaffen sie genau das Gegenteil von Gedankenruhe. Ich muss mich ständig mit ihnen beschäftigen, muss auf Samtpfötchen durchs Leben laufen und habe ein schlechtes Gewissen, wenn ich einmal, ob nun bewusst oder nicht, gegen sie verstoße.

Regeln mögen fürs Zusammenleben hilfreich sein, der Vermeidung von gedanklicher Unruhe sind sie nicht besonders zuträglich. Jedenfalls solange nicht, bis ich sie verinnerlicht und akzeptiert habe – aus eigenem Erleben oder weil ich tiefes Vertrauen in ihren Übermittler besitze. Akzeptierte Regeln ersparen Gedankenarbeit und haben deshalb auch ihren Sinn in der Meditation. Wer jemals erlebt hat, wie viel Energie und Gedankenakrobatik es beispielsweise kostet, eine einmal in die Welt gesetzte Lüge aufrechtzuerhalten, weiß, dass es sich beim Einhalten der Nicht-Lügen-Regel um eine sehr schöne Lebens-Erleichterungsstrategie handelt. Erleichtert den Denkapparat ungemein und gibt mir Raum für Ruhe und produktive Kreativität.

Als eine interessante Aufgabe erweist sich in diesem Zusammenhang das Schweigegebot in vielen Meditationsseminaren. Von den richtigen antiautoritären Achtundsechzigern wahrscheinlich als unerträgliche Maßregelung empfunden, ist der Sinn dieser Anweisung auch dem Rest der Welt zunächst nicht ganz klar. Wenn man beispielsweise als Paar zu Meditationsseminaren anreist und ein gemeinsames Zimmer bewohnt, widerspricht es der Höflichkeit sich daran zu halten. Anhaltendes Schweigen wird in einer Beziehung oder auch sonst in der Gesellschaft von vielen Menschen als unterschwellige Feindseligkeit empfunden. Und es soll im Zusammenleben tatsächlich Gelegenheiten geben, in denen sie auch so gemeint ist.

Der offizielle Sinn dieser Regel ist, dem Geist durch leise oder laute Geschwätzigkeit keine neue Nahrung zu geben und somit zur Gedankenruhe beizutragen. In der Halle beim Sitzen ist das ziemlich leicht. Alle schweigen – da hält man eben auch die Klappe. Bei den gemeinsamen Mahlzeiten ist es schon etwas schwieriger. Wenn man gerne den

Salzstreuer oder die Salatschüssel hätte, und die Dinger unerreichbar am anderen Ende des Tisches stehen, versucht man es mit Andeutungen und Zeichensprache. Da löst sich dann – wegen der unbeholfenen Gesten – die aufgestaute Anspannung schon mal in schallendes Gelächter auf.

Ich selbst habe den genialen Sinn dieser Schweigeregel erst sehr spät begriffen. Sie konfrontiert mich mit einer Unzahl ungewöhnlicher Situationen. In ihnen bemerke ich, wie oft in mir ein Impuls entsteht, einem anderen Menschen etwas zu sagen oder ihn sogar zu berühren. Wie meine ganze Psyche auf Kommunikation getrimmt ist. Was ich spüre, wenn ein vertrauter Mensch schweigend an mir vorbeigeht und sogar meinem Blick ausweicht. Die Schweigeregel versorgt mich mit wunderbaren Gelegenheiten, meine ganze Koordinierung in Bezug auf andere Menschen wahrzunehmen.

Regeln, die mich zwingen beständig darauf zu achten sie nicht zu brechen, können sich als Last erweisen. Regeln, die mir helfen meinen eigenen Vorsätzen zu folgen können eine Lust sein. Dann verschaffen sie mir Freiraum zur Erreichung meiner Ziele.

Die Atembetrachtung ist eine Grundtechnik der Meditation. Ich kann es mir zur Regel machen sie in vielen Alltagssituationen praktisch anzuwenden.

Wenn mein freundlicher Dorfarzt, der den ganzen Tag von Sprechzimmer zu Sprechzimmer eilt, zwischen zwei Patienten jeweils ein paar Sekunden seinen Atem wahrnehmen würde und bei ihm verweilte, wäre sein Arbeitsalltag sicher viel entspannter und produktiver.

Einige Sekunden der Atembetrachtung sind eine hervorragende Möglichkeit im Alltagsgewusel einmal kurz anzuhalten. Nicht jeder ist bereit, sich einer formalen Meditation zuzuwenden, bei der er jeden Tag schön auf seinem Kissen oder seinem Bänkchen sitzt. Es gibt aber unendlich viele Gelegenheiten im Alltag kurz innezuhalten, sich seines augenblicklichen Zustandes bewusst zu werden und vielleicht ein paar Atemzüge einfach geschehen zu lassen. Dann kann es ja gerne mit Full Speed weitergehen.

Und noch ein abschließendes Wort zum generellen Einhalten von Regeln. Die Motivationen, Regeln einzuhalten, können vielfältig sein: Man möchte Gesetze befolgen, irgendetwas erreichen, sich selbst und andere nicht enttäuschen, nicht für ein Weichei gehalten werden, Applaus ernten und, und, und …

Ich habe gute Erfahrung damit gemacht eine akzeptierte Regel einzuhalten, weil ICH mich dazu entschlossen habe. Was den Unterschied macht? Ich bin nicht mehr passives „Opfer", das einer Anweisung folgt, sondern nehme die Rolle des Handelnden ein.

Und nicht schummeln - selbst wenn man dabei nur noch ein ganz klein wenig mit den Zähnen knirscht, ist diese Haltung noch nicht ganz „authentisch".

Vom Umgang mit lästigen Emotionen

Schön, wenn man so etwas nicht kennt - also lästige Emotionen. Dann ist man entweder ein wirklich weiser und erleuchteter Mensch, oder man leidet an massiv eingeschränkter Selbstwahrnehmung. Solch glücklichen Menschen bin ich natürlich auch schon im Leben begegnet.

Leider bin ich mit diesem beneidenswerten Talent nicht gesegnet, und so litt ich selbst und natürlich auch meine Umgebung an meinen – von Kindesbeinen an – jäh aufflammenden Wutanfällen. Da feuerte ich schon mal in jungen Jahren, wenn etwas nicht so lief, wie ich es mir vorstellte, einen Gegenstand durch die Gegend und erntete dafür „eins hinter die Löffel" mit anschließendem Stubenarrest, Kinoverbot oder sonstigen Aktionen der Selbstverteidigung meiner geplagten Eltern.

Als ich dann gelernt hatte, diese Anfälle zu kultivieren und mich anständig zu benehmen, richtete sich die gelegentliche Wut eher gegen meinen armen Magen und animierte diesen zur Bildung von Geschwüren und saurem Aufstoßen. Die einzige Gelegenheit so richtig auszuflippen, bot der Rückzug in das Innere meines Autos. Wenn ich im reifen Alter als Geschäftsmann nach einem anstrengenden Arbeitstag abends mit meinem Turboschlitten nach Hause düste – natürlich mit Vollgas und Lichthupe und immer auf der Überholspur.

Wenn dann auf einmal ein Wagen im Schneckentempo hinter einem Lastwagen hervorkroch und mich zu einer Vollbremsung nötigte. Ja, dann konnte ich so richtig ausflippen. Manchmal war ich froh, dass es in Deutschland so strenge Waffengesetze gibt. Ein befreundeter Psychologe schenkte mir einmal eine kleine elektronische Box, die ich auf das Armaturenbrett klebte. Ich konnte dann bei einem Wutanfall darauf schlagen, und sie antwortete mit Kanonendonner, Raketenabschuss und Maschinengewehrfeuer. Peinlich, nicht wahr?

Es wurde manchmal so schlimm, dass ich die Autobahn verließ und über die Landstraßen nach Hause fuhr, um mich abzuregen. Dass ich als ansonsten freundlicher und fröhlicher Mensch über dieses Verhalten und diesen gelegentlichen Kontrollverlust sehr betrübt und entsetzt war, kann man sich wohl denken.

Zu dieser Zeit meditierte ich schon regelmäßig, was meine Laune auch nicht hob. Zu den normalen Beschimpfungen, mit denen ich meinen miesen Charakter bedachte, kamen noch Vorwürfe wie: „Da meditierst du nun ständig und dann führst du dich so auf. Ich dachte, man wird gelassener, wenn man meditiert?"

Ja – da war sie wieder, die eigentliche Frage. Hat die Meditation im Alltag einen praktischen Nutzen? Kann man die Technik der Meditation und Wahrnehmung zur Linderung eines konkreten Übels einsetzen? Ja, man kann!

Nicht nur in Zeiten der Trauer lassen sich bestimmte Prozessabläufe wahrnehmen. Auch andere Emotionen werden durch diese blitzschnell in der Zeit ablaufenden mentalen Prozesse in ihrer Entstehung gefördert. Es handelt sich dabei um automatisierte Reaktionen, die einen Auslöser haben, einen mentalen und körperlichen Prozess in der Zeit und ein nach außen oder innen gerichtetes Ergebnis. Und sie laufen mit Vorliebe in Schleifen ab. Wenn man Pech hat in einer endlosen Schleife. Das heiß, ab einem bestimmten Zeitpunkt nährt sich ein solcher Prozess von Gedanken und Emotionen, die er zuvor auslöste. Der störende Schleicher auf der Autobahn ist schon längst überholt, aber die Mord- und Rachegedanken wuseln noch fleißig in einem weiter.

Wenn es mir in einem solchen Moment gelingt, mich auf die Körperwahrnehmung zu fokussieren – auf die Spannung in der Muskulatur, den Herzschlag oder eben den Atem –, entziehe ich der Gedanken- und Emotionsschleife die Aufmerksamkeit, und die ganze automatisierte Reaktion bricht in sich zusammen. Dem schon erwähnten Psychologieprofessor Csíkszentmihályi zufolge ist es dem Menschen nicht möglich, seine Aufmerksamkeit gleichzeitig auf zwei Dinge zu richten. Diese Erkenntnis lässt sich auch in Bezug auf Verhaltensänderungen nutzen. Wenn ich mich bei einer wiederkehrenden störenden Emotion immer wieder auf das gegenwärtige körperliche Erleben fokussiere, schwächt sich mit der Zeit das unerwünschte

Reaktionsmuster ab und verschwindet im günstigen Fall ganz.

Nun glaube man nur nicht, dieses Kunststück der wahlweisen Fokussierung würde mit einem Fingerschnipsen gelingen. Es ist das Ergebnis eines geistigen und körperlichen Trainings – eben der Meditation. Bevor die Auflösung einer vorhandenen Konditionierung gelingen kann, muss ich über einen kürzeren oder längeren Zeitraum meine Fähigkeit trainieren, die eigenen geistigen und körperlichen Prozesse wahrzunehmen. Erst mit dem distanzierten und augenblicklichen Erkennen meines unheilvollen Zustandes, eines Gefühls von Wut, Verzweiflung oder Panik, habe ich die Chance, diesen zu durchbrechen.

Natürlich geht es niemals darum, störende mentale Zustände einfach „weg zu bügeln", sie also zu verleugnen, zu verdrängen oder – trallala – mit positiven Gedanken zu übertünchen. Selten hilft es auch, diesen Zuständen Widerstände in Form von gedanklichen Argumentationen entgegen zu setze. Auch diese Widerstandsgedanken geben den automatisierten Reaktionsmustern unseres Geistes fleißig Nahrung.

Zur Bekämpfung von wirklich üblen Störenfrieden – wie meinen oben beschriebenen Wutanfällen – ist die Technik sich zu fokussieren, um automatisierte Prozesse zu unterbrechen, in vielen Alltagssituationen gut zu gebrauchen. Wenn ich bei Gesprächen in eine Ecke gedrängt werde oder der Arbeits-, Familien- oder Beziehungsalltag über mir zusammenzubrechen droht. Ein kurzes Zurückziehen auf eine gut bemerkbare Körpersensation (Atem, Herzschlag, Muskelspannung usw.) unterbricht aufkommende Aggression oder Panik.

Die Angst und die Dunkelheit

In Büchern über Meditation wird der Übende gelegentlich ermahnt, sich nicht um etwas zu bemühen, was man als „Erleuchtung" bezeichnet. Einleuchtend daran ist wohl, dass es unsinnig scheint sich um etwas bemühen zu wollen, von dem man überhaupt keine Ahnung hat, was es ist und wie es ist, bevor es geschieht.

Das vergleiche ich einmal mit meinem Bemühen den perfekten Golfschwung zu erleben. Wurde ich doch als absolut talentfreier Sportler ins Leben geworfen und bemühte mich jahrelang, mit und ohne Trainer, dem Geheimnis des Golfsports auf die Spur zu kommen. Da dresche ich auf die kleinen Bälle ein, verdrehe Hände, Arme und Körper, um den idealen Schwung zu finden, und es wird immer schlimmer. Manchmal gehts ganz gut, dann wieder folgt ein gnadenloser Absturz. Bis schließlich eines Tages der entscheidende Moment da ist, und ich mich verdutzt fragte: „Was war das denn?" Körper, Arme, Hände übertragen in müheloser Koordination die Bewegung auf Schläger und Ball. Der Winzling geht ab wie eine Rakete, schnurgerade, weit und in einem wunderschönen Flugbogen.

Dieser Augenblick des unverhofften Glücks war zwar schnell wieder entschwunden, aber ich weiß jetzt, wie er sich anfühlt. Ob dieses Erlebnis dann im künftigen Bemühen zu Depressionen führt oder zu weiterem Training ermuntert, ist eine Frage der persönlichen Konditionierung.

Diese Geschichte ist nun für Leser, die noch nie etwas mit „Golf" zu tun hatten nicht sehr hilfreich, und so richtig bedeutsam war das Erlebnis für mein Leben auch nicht. Ich möchte damit nur zeigen, dass rechtes Bemühen (wie es im Buddhismus heißt) gelegentlich zu unverhofften Erlebnissen führen kann. Diese sind zwar durch fleißiges Üben nicht garantiert, aber ohne Übung wird wahrscheinlich nichts draus.

Die Praxis der Meditation ist in meinem Verständnis ein vorzügliches Training der eigenen Fähigkeit zur Entwicklung der Wahrnehmung meiner Gedanken und Gefühle, meines Körpers und meiner Umgebung. Damit schaffe ich vermehrt die Möglichkeit, scheinbar ursachenlose Ereignisse und Entwicklungen in mir geschehen zu lassen. Dazu noch eine weitere kleine Geschichte:

Meine frühe „Erziehung" im wirklichen Leben lag in den Händen von liebenswerten, sich aufopfernden, aber in der Disziplin der Kinderoptimierung vollkommen ahnungslosen Menschen. In ihrer Welt gab es noch keine Eltern-Hefte, Psycho-Ratgeber und Partner, die ihre Zeit damit verbringen, ihre Kleinen zwecks Förderung der späteren Karriere zum Flötenunterricht, Ballett und Tennisunterricht zu fahren oder ihnen schon im Mutterleib Mozart zu Gehör zu bringen.

Man musste Nahrung heranschaffen, sich um Arbeit bemühen, sehen, dass die Kleinen was zum

Anziehen hatten und während der Kriegsjahre aufpassen, dass man nicht zur falschen Zeit am falschen Ort war. Die Kinder mussten irgendwie funktionieren und sich in diese Welt einpassen. Und wenn sie nicht so richtig spurten, wurde auch schon mal der „Buhmann" oder sonst eine finstere Gestalt als Erziehungshilfe bemüht. Daraus ist sie dann wohl irgendwie entstanden oder wurde zumindest verstärkt – die Angst vor der Dunkelheit. Vielleicht ist sie aber auch irgendwie genetisch verankert – wie die Angst vor Spinnen, Schlangen oder Abgründen – und bei einigen Menschen stark oder schwach ausgeprägt. Ich weiß es nicht.

Bei mir und meinen Geschwistern führte diese Angst jedenfalls dazu, dass wir möglichst schnell an zugezogenen Nischenvorhängen vorbeiflitzten, abends unters Bett schauten und jede Gelegenheit nutzten, Licht in irgendetwas Dunkles zu bringen. Abends über einen finsteren Hof zu laufen – an langsames Gehen war nicht zu denken – kam schon einer richtigen Mutprobe gleich.

Im späteren Leben wird die Angst kleiner, oder man nimmt sie weniger intensiv wahr – als ein leichtes Unwohlsein beim Aufenthalt in den dunklen Ecken dieser Welt. Und doch blieb ihre Macht in meinem Leben ungebrochen – bis zu jener besonderen Nacht.

Ich kam an einem dieser finsteren und regnerischen Winterabende spät von einer Geschäftsreise nach Hause und fuhr meinen Wagen in die Garage. Sie kennen vielleicht den Moment, in dem die knallhellen Scheinwerfer ausgeschaltet werden.

Man steigt aus, verriegelt die Autotür, die Rück-lichter blinken noch einmal freundlich. Doch in dieser Nacht war etwas anders. Im gleichen Augenblick, da das Leuchten der Rücklichter erlosch, gingen in unserer Straße schlagartig alle Lichter aus - absolute Dunkelheit.

Da stehe ich nun in der stockfinsteren Welt, und ein Gefühl der absoluten Geborgenheit breitet sich in mir aus. Nicht trainiert, nicht erwünscht und schon gar nicht darauf hin meditiert. Ich stand einfach da - minutenlang. Tränen der Erschütterung und der Erleichterung liefen mir über das Gesicht. Das war es dann mit der Angst vor der Dunkelheit – für immer.

Solche Erlebnisse hatte ich mit verschiedenen, mir und anderen auf den Geist gehenden Eigenschaften. In den meisten Fällen verschwanden sie durch die Fokussierung auf begleitende Körperempfindungen oder durch Atembetrachtung. Oder wie hier - durch einen spontanen Bruch im Erleben.

Natürlich habe ich mir auch oft Gedanken über meine Vergangenheit, Erziehung und diesen ganzen Psychotüddel gemacht. Manchmal glaubte ich, einen tiefen Einblick in die Entstehung und den großen Durchblick über die endlose Kette von Ursache und Wirkung gewonnen zu haben. Aber in Wirklichkeit?

Eigentlich und auch uneigentlich weiß ich nicht, woraus sich diese Mentalterroristen entwickelt haben und wohin sie verschwunden sind. Sie waren irgendwann einfach weg – genügt doch, oder?

Wissen im Nichtwissen

Was ich mit diesem Begriff meine ist das, was wir im Allgemeinen als Intuition bezeichnen. Es wird ja so oft von „weiblicher Intuition" geredet, oder ein Mensch hat intuitiv das Richtige getan oder intuitiv reagiert. Nach meiner Erfahrung umfasst dieser Begriff jedoch weit mehr als diese Interpretation.

Ich habe erlebt, dass mentale Techniken wie Meditation oder das Autogene Training uns gelegentlich helfen, dieses „Wissen im Nichtwissen" gewinnbringend nutzen zu können. Oder sie helfen zumindest, sein Wirken besser zu erkennen und ihm die verdiente Wertschätzung zukommen zu lassen.

Wenn wir uns an unsere ersten Fahrstunden erinnern, fallen uns eventuell die unendlich vielen Verkehrszeichen und Regeln ein, die wir beachten sollten und auf die uns der Fahrlehrer ständig hinwies. Dazu mussten wir außerdem immer wieder irgendwelche Knöpfe und Schalter im Auto bedienen und uns auch noch merken, wohin wir nun als Nächstes fahren sollten. Bei entsprechender Neigung konnte da schon mal die totale Konfusion im Kopf entstehen. Wenn dieser Zustand sich in unserem Autofahrerleben nicht inzwischen gravierend verändert hätte, würde eine Vielzahl von uns das Fahren schon längst an den berühmten Nagel gehängt haben. Diesen dauernden Stress hätten nur die Wenigsten von uns auf die Dauer ausgehalten.

Da können wir doch richtig froh sein, dass wir so ein pfiffiges Gehirn mitgeliefert bekommen haben. Das hat nämlich unsere „Fahrkünste" und tausende andere Notwendigkeiten unseres täglichen Lebens längst automatisiert und daraus selbstständig und blitzschnell ablaufende Reaktionsmuster gemacht.

Das funktioniert übrigens auch hervorragend im Umgang mit unseren Mitmenschen. Nach höchstens drei Sekunden einer Begegnung mit einer Person ist uns klar, ob wir diese mögen oder nicht. Wir nehmen in dieser Zeit eine Unmenge von Signalen und Eindrücken wahr, und unser Gehirn überprüft sie auf Sympathie oder Ablehnung. Erst anschließend bastelt sich unser langsamer „Verstand" eine schlüssig klingende „Erklärung" zusammen: Ich mag ihn/sie, weil …. Heraus kommt irgendetwas, was sich gut und schlüssig anhört.

Dass die Prozesse dieser Intuition auch im Bereich des „Big Business", in dem man besonders stolz auf seine analytischen und sachlichen Denkvorgänge ist, bestens funktionieren, kann man in dem hervorragenden Buch von Daniel Kahneman: „Schnelles Denken, langsames Denken" nachlesen. Für diese Arbeit hat Herr Kahneman sogar den Ökonomie-Nobelpreis bekommen. Obwohl er doch eigentlich Psychologieprofessor ist.

Und was hat das Ganze nun mit Meditation zu tun? Wie sie inzwischen mitbekommen haben, ist die in diesem Buch beschriebene Art der Meditation auch so etwas wie ein Wahrnehmungstraining. Wenn ich also das Wirken meiner automatisierten Reaktionen immer besser wahrnehme und bemerke, dass sie in der Mehrzahl meiner Lebenssituationen prächtig und richtig funktionieren, kann in mir etwas wie „Vertrauen" entstehen.

Vertrauen in die gewachsene Intelligenz meines unbewussten Wissens und Reagierens. Vor Situationen, deren Ausgang nicht ganz klar ist, schafft es dieses Vertrauen in meine unbewusste Intelligenz, auch einmal das Risiko einzugehen, nicht zu wissen wie eine Sache endet. Indem ich sicher bin, dass mir zur rechten Zeit etwas Kluges und Hilfreiches einfallen wird. Und schließlich erkenne ich auch besser meine Reaktionsmuster, die mir und meiner Umwelt nicht so viel Freude machen und kann beginnen, diese einmal etwas konkreter ins Visier zu nehmen. Vielleicht entwickelt sich aus dieser Arbeit dann etwas, hinter dem auch und gerade wir Meditierende oft so eifrig hinterherhecheln - Gelassenheit.

Wie der unbewusst arbeitende Teil unseres Gehirns außerdem noch seinen Nutzen entwickelt ist auch zu erkennen, wenn wir uns lange und intensiv mit einem für uns schwierigen Thema beschäftigen. Tage-, wochen- und monatelang. Wir lesen, recherchieren, zeichnen, planen, sprechen mit anderen Menschen darüber, versuchen dies und probieren das. Und plötzlich, wenn wir aufs Meer schauen oder ins Feuer, eine öde Autobahn entlang sausen oder entspannt auf der Gartenterrasse sitzen - Pling, ist die Lösung da. Unser Gehirn werkelt an einer Aufgabe eifrig weiter, obwohl wir uns schon längst einem anderen Thema zugewandt haben.

Mir selbst ist diese Art der Intuition mehrfach auf sehr intensive Art begegnet. Einmal bekam ich von einem Nachbarn ein Solitär-Spiel geschenkt. Er wusste, dass ich irgendetwas mit Datenverarbeitung zu tun hatte, und hatte wohl die Vorstellung, dass ich besonders gut im „Logischen Denken" war. Bei diesem Spiel musste man auf einem Spielbrett Steine übereinander springen lassen und den übersprungenen Stein wegnehmen. Am Schluss durfte nur auf dem mittleren Feld ein Stein übrig bleiben. Ich übte wochenlang fleißig und erfolglos. Als wir in den Urlaub fuhren, nahm ich das Ding mit und versucht immer wieder die Aufgabe zu lösen - vergeblich.

Zu dieser Zeit legte ich mich mittags immer auf eine Liege, ging die Übungen des Autogenen Trainings durch und sackte anschließend für ca. 20 Minuten in einen tiefen und erholsamen Schlaf. Ich erinnere mich noch genau, wie ich an einem dieser schönen Urlaubstage aus meinem Tiefschlaf aufwachte und die Lösung für das Solitär-Spiel „sah". Es war nicht so, dass ich irgendeine diffuse Idee hatte, wie es vielleicht gelingen könnte, sondern ich wusste es so sicher wie das berühmte „Amen ...". Nachdem ich das Spiel aufgebaut hatte, zog ich Stein für Stein bis zur Mitte, ohne auch nur einmal zu zögern. Das Lösungsmuster hatte sich ohne Einmischung des bewussten Verstandes aus meinen vorherigen Bemühungen automatisch gebildet. Ich spielte ein paar Mal hintereinander an verschiedenen Tagen ohne jedes Zögern zum Erfolg. Als ich es dann nach einigen Wochen Pause wieder probierte, war das Lösungsmuster verschwunden, und ich stocherte genauso planlos herum wie vorher. Das Ganze war für meinen Geist wohl einfach zu unwichtig geworden.

Wem dieses Beispiel ein wenig zu platt ist, kann ich versichern, dass mir dieses „Wissen im Nichtwissen" bei meiner Arbeit in der Softwareentwicklung und bei komplexen Organisationsaufgaben aus manchen unübersichtlichen Situationen geholfen hat. Da kann man aus den Hunderten, miteinander in Wechselwirkung stehenden Parameter wunderschöne Schaubilder mit „wenn / dann"-Diagrammen malen - irgendwann streikt auch das pfiffigste Gehirn und das kompetenteste Team. Da kommt dann oft der erlösende Satz: „Jetzt gehen wir erst einmal nach Hause und treffen uns in ein paar Tagen wieder".

Einige Male wurde ich im Laufe meines Lebens auf wahrhaft existenzielle Fragen geworfen: Warum passiert mir das immer wieder? Warum habe ich in dieser Situation nicht anders gehandelt? Warum konnte ich dieses Unglück nicht verhindern? Wie soll es jetzt weitergehen? Mit welcher Aktion befreie ich mich aus dieser hoffnungslosen Lage?

Mir hat es immer geholfen, zunächst einmal zu schauen ob es sich dabei wirklich um eine echte Frage handelte oder um sinnlosen Widerstand gegen eine Unveränderlichkeit.

Wenn das geklärt ist, kann ich eine drängende Frage einfach „im Raum stehen lassen". Ich kann auf sie schauen wie auf einen Baum, eine Wolke oder eben auch auf meinen Atem. Meistens ergibt sich irgendwann eine Antwort oder etwas noch Seltsameres passiert - die Frage ist eines Tages einfach verschwunden.

Mit unserem „krampfhaft nach Lösungen suchen" blockieren wir gelegentlich unser geistiges Potenzial. Wenn wir in schwierigen Lebenssituationen ständig die Alternativen A oder B gegeneinander abwägen, übersehen wir vielleicht einen gänzlich anderen Lösungsansatz. Die Fähigkeit unseren hin und her „zappenden" bewussten Verstand durch die Technik der Meditation zur Ruhe zu bringen, eröffnet gute Möglichkeiten für unsere unbewusste Intelligenz.

Das Durcheinander mit der Liebe

Fast alle bedeutenden geistigen und geistlichen Denker der letzten Jahrtausende haben zu diesem Thema etwas gesagt. Unzählige Romane und wissenschaftliche Arbeiten sind darüber verfasst worden, und in vielen „heiligen" Schriften steht etwas darüber - über die Liebe.

Wenn man nur einmal auf die Wikipedia-Seite zum Thema Liebe schaut, schwirrt einem der Kopf über die Vielzahl der Bedeutungen die sich im Laufe der Jahrhunderte in den unterschiedlichsten Kulturen darüber angesammelt haben. Es muss also wohl eine sehr verbreitete und klare Angelegenheit in der Welt sein, die Liebe - oder?

Ich schaue auf meinen Computerbildschirm, sehe die vielen bunten Icons und denke an die dahinter verborgenden Programme mit ihren Tausenden von Codierzeilen, verschachtelten Teilen und gelegentlichen Fehlern. „Ein Symbol verbirgt Komplexität" fällt mir dazu ein.

Auch Worte sind ja scheinbar klare Symbole für etwas, nicht wahr? Wenn ich zum Beispiel das „Symbol" Liebe noch mit anderen Dingen verknüpfe wie: Nächstenliebe, Mutter- und Kindesliebe, Liebe zu Gott, erotische Liebe, Vaterlandsliebe, Liebe zu sich selbst, Liebe zu meinem Fußballklub, geistige oder geistliche Liebe und so weiter, eröffnet sich eine wunderbare Welt der endlosen Interpretationen.

Aber wenn ich sie erlebe - die Liebe - dann ist das doch in mir ein eindeutiger Zustand! Ich liebe sie oder ihn. Da gibt es nichts zu definieren - Punkt!

Na ja, sagt ein wohlmeinender Fachmensch eventuell, das ist vielleicht der Zustand der Verliebtheit und keine „richtige" Liebe. Und die Neurowissenschaft weist mit Hirnscan und Hormonstatus nach, dass der Zustand der Verliebtheit einer Neurose, also einer psychischen Störung, sehr nahekommt. Eine interessante Zusammenfassung der körperlich wahrnehmbaren und messbaren Vorgänge im Menschen zu den Themen Begehren, Sex, Orgasmus, Epilepsie und sonstigen außergewöhnlichen Zuständen, habe ich im Buch „Denken wird überschätzt" gefunden. (Niels Birbaumer und Jörg Zittlau). Darin werden übrigens auch Meditierende und ihre messbaren Gehirnaktivitäten unter die Lupe genommen.

Kann man mehrere Menschen - Männer oder Frauen - lieben? Und wenn ja, ist die Liebe zu jedem gleich stark? Ist die Liebe zu meinem Kind eine andere als zu meinem Partner? Unterscheidet sich Liebe vom Gefühl der Zärtlichkeit oder des Begehrens? Kann sich Menschenliebe auf alle Menschen beziehen? Auch auf die richtig fiesen Typen dieser Welt? Wann und warum endet Liebe in einer Beziehung, und es bleibt im günstigsten Falle Loyalität übrig? Ist das Gefühl der Liebe zu meiner charmanten Begleiterin permanent, oder bin ich manchmal ganz schön sauer auf sie? Wo ist in diesem Augenblick die Liebe zu ihr? Was ist, wenn ich mit dem, was ich Liebe nenne, einen anderen Menschen erniedrige oder verletze? Liebe ich meinen Nächsten wie mich selbst? Liebe ich mich selbst überhaupt? Wie fühlt sich das an, wenn ich mich selbst liebe?

Ich schaue morgens in den Badezimmerspiegel, schneide eine Grimasse, lächele mich an und denke: „Eh Karsten, siehst zwar noch etwas zerknautscht aus - hab' dich aber trotzdem lieb". Manchmal muss ich dann lachen, und so ein paar Glückshormone wuseln durch mein Gehirn. Ist da ein Gefühl der Liebe in mir?

Sie haben nicht ernsthaft eine Antwort von mir auf diese ganze Fragerei erwartet - oder? So viele Fragezeichen hintereinander habe ich noch nie in einem Text geschrieben. Dabei habe ich die kleinen Machtspielchen und Erpressungsversuche im Namen der Liebe noch gar nicht berücksichtigt. Die so nach dem Motto ablaufen: „Wenn du mich wirklich liebtest, würdest du gerne Dies oder Das tun". Und was hat das ganze Thema nun mit Meditation zu tun?

Während meiner Meditationsarbeit habe ich einmal an einer buddhistischen „Metta-Meditation" - einer Meditation der selbstlosen Liebe - teilgenommen. Ich saß dabei ruhig auf meinem Bänkchen, atmete so vor mich hin und versuchte, mir die Liebe zu meiner Frau vorzustellen. Diese sollte dann anschließend auf die nächsten Verwandten - also Kinder, Eltern, Oma, usw. - ausgeweitet werden und später auf die Menschen, die mich mal so richtig schwer geärgert hatten und die ich überhaupt nicht leiden mochte. Hoffnungslos - ich konnte mir kein Gefühl der Liebe vorstellen oder es bewusst in mir entstehen lassen. Aber wer weiß - wenn man diese Übung sehr oft wiederholt, wird sie vielleicht eine Wirkung entfalten.

„Liebe deinen Nächsten wie dich selbst!?" - Kann ein solches Gefühl der Liebe für mich selbst entstehen? Wohl kaum - wenn ich nicht gerade mit der grenzenlosen Selbstliebe eines Narzissten geschlagen bin. Bei dieser Aufforderung geht es eventuell gar nicht um das Gefühl der Liebe. Sie ist wohl mehr eine Metapher für das, was meine Großmutter so gerne zitierte „Was du nicht willst, was man dir tu, das füg' auch keinem anderen zu". Eine Weisheit, die in nahezu jeder Kultur als Basis für das Miteinander gelehrt wird.

Alles, was ich zum Thema Liebe sagen kann, ist, dass sich meine Fähigkeit oder sagen wir lieber eine grundlegende Bereitschaft zum „entstehen lassen" dieses inneren Zustandes im Laufe der gelebten Jahre verstärkt hat.

Dieses Gefühl kann jetzt immer öfter spontan entstehen: Bei einem Lächeln oder einer Geste meiner zauberhaften Gefährtin. Wenn ich kleinen Kindern oder Tieren beim Spielen zusehe. Wenn sich bei einem fremden oder vertrauten Menschen einmal seine Maske auflöst und ich ihn in diesem Augenblick wirklich sehe. Wenn dabei seine oder ihre Verletzlichkeit oder Liebenswürdigkeit sichtbar wird, und die Trennung zwischen uns in sich zusammenfällt. Beim Wahrnehmen einer eindrucksvollen Landschaft mit allen Sinnen, wenn ein Käfer über meinen Arm krabbelt, und ich ihn in seiner ganzen wunderbaren Komplexität wahrnehme, wenn mich ein liebevoller Gedanke bewegt oder wenn ich plötzlich eine bedeutsame Wahrheit für mich selbst entdecke. Dieses Gefühl der Liebe in mir entsteht zwar durch einen inneren oder äußeren Anstoß, ist aber nicht verknüpft mit einem „weil" oder einem „deshalb". Gründe und Erklärungen fügt der Verstand listig hinzu. Er liebt es ja so sehr, alles zu begreifen.

Liebe als Gefühl kann in uns durch eine Ursache oder so ganz ohne Ursache entstehen - oder eben nicht. Und sie ist, wie alle Gefühle, die von Zeit zu Zeit in uns sind, niemals von Dauer. Wenn sie nicht mehr in mir entsteht, gibt es eben keine Ursache für ihr Entstehen.

Oder aber - und das ist sicherlich sehr verbreitet - mein eigenes Sehen ist von dunklen Gedanken, Erlebnissen der Vergangenheit oder Befürchtungen vernebelt. Die in der Meditation gewachsene Fähigkeit der Wahrnehmung lässt mich diese Hindernisse klarer sehen.

Das ist es wohl auch, was meine meditative Mentorin ausdrücken möchte: „Mit ganz neuen Augen zu sehen". Wenn es mir gelingt, ohne diesen Nebel zu sehen, immer wieder neu, können unendlich viele Möglichkeiten und Ursachen entstehen, dieses Gefühl der Liebe in mir zu erleben. Es geht hierbei wohl wie beim beliebten Loslassen nicht darum, etwas aktiv zu initiieren, sondern darum die Ursachen zu bemerken und zu durchschauen, die den Zustand des Liebens verhindern.

Also - anstatt mich selbst zu lieben, habe ich so etwas wie Freundschaft mit mir geschlossen. Ich akzeptiere immer häufiger einen augenblicklichen oder andauernden Zustand der Unvollkommenheit. Nicht, dass ich diesen Zustand dann toll finde und mich darüber freue. Aber anstatt mit ihm zu hadern kann ich ruhig schauen, ob ich etwas Nützliches tun kann oder im Augenblick einfach mit dieser Unvollkommenheit leben will. Ich freue mich über diese gewachsene Fähigkeit und bin dankbar dafür.

Im Laufe der Jahre hat sich in mir immer stärker so etwas wie eine stille Freundlichkeit entwickelt. Dieses Gefühl braucht kein Gegenüber und hat keinen Auslöser. Ich glaube, es könnte so etwas wie der Grundzustand jedes Menschen sein. Teilweise verborgen oder verschüttet durch unser Erleben und unsere Konditionierung seit frühesten Kindertagen. Durch die Meditation und eine sich daraus entwickelnde Fähigkeit der verbesserten Wahrnehmung, können diese Hindernisse Schritt für Schritt abgebaut oder einfach aufgelöst werden. Wir können frei werden, diese stille Freundlichkeit immer öfter einfach in uns und unserer Umgebung wirken zu lassen. Das kann dann in unserem Leben wahrhaft erleuchtend sein.

Ein meditativer Zustand

Gelegentlich hörte ich in Gesprächen über Meditation Aussagen wie: Wenn ich ruhig am Meer oder auf einem Berg sitze, bin ich auch in einem meditativen Zustand.

Ich kann mich selbst gut an solche Situationen erinnern. Wenn ich zum Beispiel mit meinem Segler allein unterwegs war und abends in einer der stillen Buchten der schwedischen Schären ankerte. Mich nach dem Abendessen mit einem Glas Wein und einer Zigarre ins Cockpit setzte und auf das ruhige Wasser sah. Ein paar Schwäne, Enten oder sonstige Federtierchen schwammen herum und erzeugten Wellen und Kreise auf der stillen Ostsee. Die Helligkeit der nordischen Sommernächte veränderte sich kaum, und wenn ich irgendwann auf die Uhr sah, war es schon fast Mitternacht. Die Zigarre war ausgegangen, das Weinglas stand nahezu unberührt auf dem Tisch, und es waren einige Stunden vergangen. Ein Gefühl von Ruhe und Frieden war in mir.

War ich während dieser Zeit in einem „meditativen Zustand"? Ich kann mich an kaum ein Ereignis der vergangenen Stunden erinnern. Ich habe keine Entscheidung getroffen, den Wein nicht zu trinken oder nicht an der Zigarre zu ziehen. Auch kann ich keinen der Wasservögel oder ihr Verhalten beschreiben. Ob ich in dieser Zeit etwas wahrgenommen habe weiß ich nicht. Es war für mich bei der Rückkehr in die Gegenwart jedenfalls nicht mehr bewusst verfügbar.

Lange Zeit habe ich geglaubt, dass das was der schon mehrfach zitierte Glücksforscher Mihály Csíkszentmihályi als „Flow" beschreibt, einem „meditativen Zustand" nahe kommt. Wer sich dafür interessiert, dem empfehle ich sein Buch „Flow - Das Geheimnis des Glücks". Hier geht es um die Psychologie der optimalen Erfahrung.

Dabei macht es es während einer Tätigkeit unmittelbare Erleben möglich, ein Gefühl von Kontrolle über das jeweilige Tun zu haben. Ich handele aus einer tiefen, mühelosen Hingabe, welche die Sorgen und Frustrationen des Alltagslebens aus meinem Bewusstsein verdrängt. Die Besorgnisse um das Selbst verschwinden, und das Gefühl für Zeitabläufe verändert sich.

Voraussetzung für das Entstehen solch eines Flows ist die interessierte Übernahme einer Tätigkeit und sie zu meiner eigenen Aufgabe in diesem Augenblick zu machen. Dabei ist es wichtig, dass sie an meine Fähigkeiten anknüpft und ich der Aufgabe gewachsen bin. Und die Tätigkeit sollte eine unmittelbare und erfahrbare Rückmeldung liefern.

Vielfach ist mir so etwas in meiner Arbeit begegnet. Wenn ich vor meinem Bildschirm saß und programmierte oder Fehler in einem Softwareprogramm suchte, waren alle oben beschriebenen Bedingungen des Flows erfüllt. Und dann war es egal ob ich das Mittagessen verpasste oder schon lange im Bett liegen sollte. War ich dabei in einem meditativen Zustand?

Was ist das überhaupt - ein meditativer Zustand?

Die Natur oder ein erhabenes Bauwerk mit allen Sinnen zu erleben ist wunderbar und kann starke Gefühle in mir auslösen. Mich auf eine Arbeit zu fokussieren und ganz in ihr aufzugehen schafft tiefe Befriedigung, motiviert mich für neue Aufgaben und lässt im Idealfall ein Flow in mir entstehen. In einer Kirche, einer Moschee oder einen Tempel zu sitzen und eine tiefe Verbundenheit zu spüren mit dem an was ich glaube, kann mir Frieden, Geborgenheit und Kraft geben.

Ein „meditativer Zustand" ist für mich eine intensive Bewusstheit, in der keine Worte oder Bilder sind. Nahezu alle Gedanken die im Wachzustand in meinen Kopf herumwuseln sind in Worte oder Bilder gekleidet. Manchmal sind sie sehr laut und manchmal kaum zu vernehmen. Wenn sie aber komplett fehlen - was bleibt dann?

Dieses Erlebnis kann zu unterschiedlichen Gelegenheiten auftreten. In der formalen Meditation wenn ich mich auf meinem Atem fokussiere oder in der Küche beim Abwaschen von Geschirr. Da ist das heiße Wasser auf meinen Händen, der Teller, auf dem die Bürste kreist, das Rufen der Nachbarkinder im Flur, die Geräusche der nahen Landstraße, der feste Stand meiner Füße auf dem Boden, mein gebeugter Nacken und der Atem.

Das, was ich in solchen Augenblicken wahrnehme, ist Wirklichkeit - egal welchen Namen ich diesen

Erfahrungen gebe. Keine Benennung und kein Begriff fügt ihnen etwas hinzu.

Und was ist nun mit Erleuchtung?

Das ist nun tatsächlich die finale Frage dieses kleinen Buches - nicht wahr? Schließlich ist so etwas wie Erleuchtung ja scheinbar das große Geheimnis und das Ziel der ganzen Bemühungen von „uns Meditierenden".

Also - irgendwann schaute das Universum oder eine Kraft dahinter auf den Erdenbürger Karsten und hatte das Gefühl, seine jahrelange Arbeit und seinen Fleiß in der Meditation einmal ein wenig belohnen zu müssen. Das mit der endgültigen und permanenten Erleuchtung wird vermutlich nichts mehr in diesem Leben, aber ein kleines Schmankerl hatte er wohl für sein eifriges und meditatives Ein- und Ausatmen verdient.

Es suchte sich einen schönen Sommertag aus, an dem ich Hand in Hand mit einer lieben Freundin durch einen der schönen Bremer Parks spazierte. Die Blüten leuchteten in einer nie erlebten Intensität, noch nie hatte ich die Bäume als so majestätisch erlebt, ich spürte die weiche Hand meiner Begleiterin und vernahm ihre schöne Sprachmelodie. Und alles war gleichzeitig als eine Einheit in meinem Geist vorhanden – oder so ähnlich. Ehe ich richtig verstand, was da geschah, wurde der Händedruck meiner Liebsten sehr fest, und ihre Stimme klang sehr intensiv: „Karsten, hörst du mir eigentlich zu?" Der merkwürdige Zustand hatte ein paar Sekunden gedauert. Ja, liebes Universum, netter Versuch, aber falscher Ort und falsche Zeit.

Zum Glück ist es so ein Universum ja gewohnt, in längeren Zeiträumen zu denken, und außerdem ist es lernfähig. Probieren wir es eben noch einmal. Diesmal suchte es sich einen schönen Sommerabend aus, an dem viele Menschen beim Grillen sind, im Biergarten sitzen oder sonst wie den Feierabend genießen. Karsten läuft allein mit wenig Gepäck über einen schönen Golfplatz, genießt die herrliche Abendstimmung und haut gelegentlich den kleinen Golfball über die Wiese.

Nun ist es bei diesen kurzen Klarsicht-Momenten ja nicht so, dass sich plötzlich die Himmel auftun, irgendwelche Figuren oder Farben erscheinen oder sonst etwas Sensationelles geschieht. Alles bleibt an seinem Platz. Nur die Wahrnehmung erfolgt ohne die geringste Störung mit einer absoluten Präsenz.

Es ist so, als täte sich in mir eine Ebene oder Instanz auf, die alles ohne jegliche Regung betrachtet. Ich weiß nicht, ob ich das mit „Leere" beschreiben kann? Es ist ja alles da - in einer nie erlebten Intensität vorhanden - die Empfindungen meines Körpers, die Bäume, das Gras, die Farben, der Wind, der Abendhimmel, das gelegentliche Zwitschern der Vögel. Da ist auch kein besonderes Glücksgefühl oder eine Euphorie. Die einzigen Gedanken, an die ich mich erinnere, waren: „So ist das also. So einfach und klar. Warum ist es nur so verborgen?"

Ich verstehe jetzt die Antworten der Weisen, die sich permanent oder doch häufig im Zustand dieser Klarheit befinden. Wenn die Fragenden und

Suchenden sie um eine Hilfe, einen Hinweis oder einen Tipp auf dem meditativen Weg bitten: „Ich kann dir nichts geben, es ist schon alles da - in dir."

Meine meditative Mentorin hat es immer abgelehnt, als „Meditationslehrerin" bezeichnet zu werden. Ein Lehrer hat ein spezielles Wissen oder eine Fähigkeit. Diese können an Schüler weitergegeben werden und diese beherrschen diese Dinge anschließend mehr oder weniger gut. So etwas gibt es in der Meditation nicht. Dort ist ein „Lehrer" eher als erfahrener Begleiter und als Gegenüber für Gespräche zu verstehen und eventuell als Vorbild.

Ich möchte auch gestehen, dass ich den Begriff „Erleuchtung" nicht sehr mag. Er wird sehr oft mit dem Erlangen einer „höheren Wirklichkeit", einer speziellen Bewusstseins-Stufe oder eines bis dahin „geheimen" Wissens verbunden. Nichts davon kann ich für mich in Anspruch nehmen. Ich weiß nur sicher, dass ich diesen kurzen Zustand mit absoluter Klarheit und ohne jeglichen Interpretationsspielraum erlebte.

Gelegentlich wird die Praxis des Meditierens wie das Reinigen eines Spiegels bezeichnet. Unsere Gedanken, Gewohnheiten, Sehnsüchte und Emotionen verunreinigen den eigentlichen Hintergrund unseres Lebens – den Spiegel. Wenn das so ist, gibt es für mich noch einiges zu putzen.

Das Leben fließt weiter, und ich bin durch diesen Augenblick der Klarheit sicher kein „besserer Mensch" geworden, tapere mit verklärtem Lächeln durch die Welt und erzähle anderen Menschen von meinen „Erfahrungen". Was soll ich auch erzählen?

Morgens sitze ich eine halbe Stunde auf meinem Meditationsbänkchen, atme ein und aus und denke dabei gelegentlich so vor mich hin. Immer öfter fokussiere ich mich auf meinen Atem. Wenn ich im Supermarkt in der Schlange stehe, im Auto oder auf dem Fahrrad vor einer roten Ampel, wenn mich ein Mitmensch nervt oder während eines Spazierganges. Ich glaube, das Universum oder „was auch immer" notiert sich jeden gelungenen Atemzug und schickt dann gelegentlich so einen kleinen Erleuchtungsschnipsel.

Was hat mir die jahrelange Meditation also gebracht? Ich habe zu bemerken gelernt, wie und wodurch Gedanken entstehen. Wie sich daraus Gefühle und Handlungen entwickeln und daraus wieder neue Gedanken. Und dass ich diesen Prozess beeinflussen kann, indem ich darauf achte, womit ich mich beschäftige und was ich an mich heranlasse.

Ich nehme immer öfter Gedanken als Gedanken und Gefühle als Gefühle wahr, ohne mich mit ihnen zu identifizieren und mich von ihnen treiben zu lassen. Automatisierte Reaktionsmuster schwächen sich ab oder verschwinden ganz. Freiheit und Furchtlosigkeit nehmen zu.

Wenn ich daraus eine Lebenseinstellung für mich ableiten möchte, so beginnt sie mit einem Gedanken des Philosophen Hans Jonas: „**Sieh hin** und du weißt". Eine Aufforderung nicht alles intellektuell verstehen oder ableiten zu wollen, sondern oft meinem direkten Erleben zu vertrauen.

Im Laufe des Lebens haben sich in uns so viele „Storys" gebildet. Um Dinge unseres täglichen Lebens, um andere Personen und Situationen und was oft besonders tragisch ist, um uns selbst. Wir halten diese Geschichten für die Wirklichkeit oder machen sie zu unserer Wirklichkeit.

Viele dieser Geschichten helfen uns, unkompliziert und erfolgreich durchs Leben zu kommen, aber einige von ihnen sind böse Bremsklötze für unsere persönliche Entwicklung geworden. Sie spiegeln oft Aussagen wichtiger Menschen aus unserer Vergangenheit, eigene Meinungen über uns aus vergangenen Misserfolgen oder Enttäuschungen oder eingeübte Rituale zu unserem eigenen Schutz wieder.

Erfahrungen und Erkenntnisse habe ihren Wert und ihre Berechtigung. Wir können aber auch berücksichtigen, dass es Irrtümer und Fehlinterpretationen gibt. Und dass sich Situationen und auch Menschen gelegentlich ändern.

Deshalb kann es klug sein, beim Rat zu bleiben, so oft wie möglich mit „ganz neuen Augen" zu sehen. Das heißt, meine Konditionierung und meine automatisierten Reaktionsmuster zu bemerken und sie durch die bloße Wahrnehmung zu verändern oder abzubauen. Ein Werkzeug dafür kann die Meditation sein - nicht mehr und nicht weniger.

Nachbetrachtung

Nach allem, was die neusten Forschungen von Neurologen und anderen Wissenschaftlern ergeben haben, scheint das Gehirn ein doch ziemlich autonom funktionierendes Organ zu sein. Dem was wir „freien Willen" nennen nur eingeschränkt gehorchend.

Vielleicht ist das, was man unter „Erleuchtung" versteht, eine spontane, zeitweise Änderung der Signalübertragung in unserem Denkapparat. EEGs und Scans bei östlichen Meditationsmeistern zeigen jedenfalls eine Entkopplung verschiedener Bereiche des Gehirns im Zustand tiefer Versenkung. Ob dabei noch etwas im Spiel ist, das sich komplett unserer Wahrnehmung und unserem Denken erzieht - ich weiß es nicht.

Wenn durch meine Worte gelegentlich der Eindruck entstanden ist, ich glaubte an ein denkendes oder auf unsere Wünsche reagierendes Universum, muss ich Sie leider enttäuschen. In der Regel war das als scherzhafte und ironische Überzeichnung gemeint.

Wenn man einer aktuellen Theorie der Wissenschaft glaubt, ist unser Universum in einem „Urknall" entstanden. Mich fasziniert an der Idee, dass in diesem „Anfang" die Grundlage für alle Elemente und Gesetze bis hin zur Entstehung und milliardenfacher Vernetzung von lebenden Systemen auf unserem Planeten enthalten sein musste. Die Kraft, die hinter diesem Mysterium verborgen ist, als Persönlichkeit zu erfinden und sie mit Charaktereigenschaften, Ansprüchen und Absichten eines frühzeitlichen Stammesfürsten auszustatten halte ich schon für sehr verwegen. Aber scheinbar brauchen viele Menschen solch einen Leitfaden.

Was wurde nun bei mir während des Schreibens wieder verstärkt wachgerufen? Ich machte mir Dinge bewusst, die mir im Laufe meiner persönlichen Entwicklung selbstverständlich geworden sind, und kann sie besser benennen. Ideen und Ansichten, die ich zu Papier gebracht hatte, ließen mich stutzen und inspirierten mich zum erneuten Nachdenken und zur gelegentlichen Korrektur von Einsichten.

Für mich selbst habe ich „das Atmen" neu entdeckt und gemerkt, dass sich auch in der Meditation so etwas wie Routine einschleichen kann. Gut, dass ich mich an einen Buchtitel des Zen-Meisters Suzuki erinnerte „Zen-Geist - Anfänger-Geist". Bei jeder Meditation-Sitzung und auch sonst im Leben wach und interessiert zu bleiben ist schon eine schöne und kluge Lebensstrategie.

Die Technik der sofortigen Fokussierung auf den Atem oder eine Körperempfindung rettet mich aus vielen stressigen Situationen und führt zu mehr Ruhe und zur Verringerung von sich selbst nährender Konflikte. Außerdem unterbricht sie in vielen Fällen meine automatisierten Reaktionsmuster, schwächt diese mit der Zeit ab und lässt sie gelegentlich ganz verschwinden.

Um diese Fokussierung neben der formalen Meditation zu trainieren, ist es hilfreich, sich ein mehrfach wiederkehrendes Ereignis des Tages zu suchen. Wenn es auftritt, kurz innezuhalten und für ein paar Sekunden beim Atem zu bleiben oder den augenblicklichen Zustand des Körpers wahrzunehmen. Beispielsweise vor einem Telefonat, während einer Wartepause oder vor dem nächsten Öffnen einer Tür.

Wenn ich immer mehr auf das achte, was gerade geschieht, passiert es mir nicht mehr, dass ich meinen Einkauf aus dem Kofferraum nehme, dabei an meinen unaufgeräumten Keller denke und mir die Birne am Kofferraumdeckel stoße. Und wenn ich eine Tasse aus dem Schrank nehme, schlage ich sie nicht gegen die daneben stehende Teekanne.

Wenn ich eine ungeliebte Arbeit zu tun habe und sie nicht ungeduldig und schnell erledige, sondern wirklich jede Phase meines Denkens und Handelns wahrnehme, verändert sich meine ganze Einstellung zu ihr, meine Stimmung bleibt gut und die Arbeit gelingt besser.

Gespräche und Begegnungen mit Menschen werden intensiver und freundlicher, weil ich mich für das Anliegen des Gegenübers wirklich interessiere und mir nicht mehr so häufig meine eigene Neigung zur Selbstdarstellung dazwischen wuselt. Ein gewachsenes gutes Selbstwertgefühl und eine weitgehende Furchtlosigkeit machen dieses Verhalten überflüssig.

Und ich bin dankbar geworden für mein Leben. Nicht rein vom Verstand her, indem ich mir mental eine Liste der guten und schlechten Zeiten zurechtlege. Sondern – wie man so sagt – tief im Herzen. Ich weiß, dass die Meditation untrennbar zu meinem Leben gehört. Ich habe mich in ihr entwickelt und sie hat mein Leben reich gemacht.

Mit ihr zu beginnen und sie zu meiner ständigen Begleiterin zu machen, war eine gute Entscheidung.

Zeitfracht Medien GmbH
Ferdinand-Jühlke-Straße 7
99095 Erfurt, Deutschland
produktsicherheit@kolibri360.de